創仙誓

玄明聖使傳

第二話

荒城聖域

作者
履咸引路大過述言

目錄

番敘外事篇

修真證九劫

易道執心理教之證

且觀易數之生成，乃曰五成十變者，是明見其有序，而行觀其必證，其於數之元極，必由執心衍道，乃循序復返而究竟輪迴，是言執心之證，即得觀易數，能知所以也，天數不可違，執心無益，且明觀因果是也。

- 一為數之元，此乾心之道也。
- 二為業之生，此兌求之必也。
- 三為文之衍，此離采之發也。
- 四為動之觀，此震行之臨也。
- 五為德之成，此理義之證也。
- 六為眾之化，此巽順之執也。
- 七為信之毒，此坎執之復也。

- 八為慧之障，此艮護之迷也。
- 九為數之極，此坤德之考也。
- 十為成之變，此教化之全也。

由此易道理教之證，可知九數為坤德之證考，是言修行之徑，當從於九之數，乃能實際受德證慧，此再重複於九數，乃得八十一，則為受考之極數，由此得申道場之理教，而如實於修行之徑路。

故於《西遊記》中有言：「唐僧師徒領了如來佛祖法旨，西天取經，一路翻山越嶺、跋山涉水；經歷了重重困阻，種種考驗，終成正果，各成一佛，共計九九八十一難。」

這過程之隱喻，直指修行者所必經歷之心難與魔考，其實涵蓋整個人生將所遇，是必言者，造物之於修行靈子授考與靈子信心之自證也，人生諸般閱歷，即為證此自信，而能申造物理教之正義，則成慧智證德矣，此即為修行實徑。

天命造化猶自生，忡忡往來復西東，
青蓮一朵根猶綠，寇致花落無言敘。
識靈有閑聖德眷，幻夢惟心認玄空，
江湖一履觀何處，原來盡在執夢中。

舞春風

玄明聖使受命於荒原宇宙玲瓏世界，協助青華聖人建立以陽界修行為主之仙魔世界，為求於日後立定荒原宇宙主宰之仙魔大戰能得成功，故於華梵皇城即青華聖人建立自治區域規劃之事穩定後，即與道門一行眾人，為尋找至高「道化寶器——御真道」以及各門人修行進化之機，而開始了江湖之冒險遊歷。

其於途中所歷，亦必衍生九九八十一難，此當為造物主之考證，以成玄明一行人實績之評比，猶如西遊記一書所言是也。

生死一瞬深淵臨，幽冥攔路見神靈。
荒城聖女憂懷濟，紫青雙劍護玄明。

絕殺逢厲見殤刑，菲菲謫仙永遁心。
右肱毀折難言道，我自亟思辯正行。

此二首預言，為玄明九大難之前二關，第一難即為生死險關，第二難則明失強助，其中各自衍生九項關鍵事變，總計十八種考驗，是玄明聖使於北方荒城聖域遊歷之造物主考證，其中環環相扣，危難重重，雖極盡艱困，也由此得以提升智德應對，也因此獲得諸多外緣相助，這過程是一次又一次的失望與悔傷，一次又一次的絕境與奮起，是內心至為孤獨的考驗。

莊子所言，人必要能忍受孤獨，方能成就卓越。

「獨有之人，是謂至貴。」人能自處孤獨而心不惑，方能真實擁有道德，凡事不著依賴而行止合宜，故成靈心慧成之至貴，這是必要自立自強，果敢勇闖一生世界，才能真正獲得個人境界之整體昇華。

玄明修真一道，也是如此開始，我們的人生更是由此。

我們所處的世界，世人稱之為地球，事實上為天外造物主所創立之靈子修行道場，名之為「靈心煉魔獄」，藉由人生中各種磨難經歷，來幫助我們體會世間真理，進而達到自我學習成長的目標，而這一切的過程，都需要我們認清因果理道獨力完成。

且說本話所言玄明修真之生死關與孤勇關，約歷時三年左右，過程包含藉體之亡、幽冥之危、噬魂之厄、無能之害，乃至失去股肱、遭受背叛、誤解、受騙、情關、誘惑、非想、執妄、喪志、自死，而後真正認清了現實，也就是惟求自立，方得圓滿踏實之真義。

任何依賴，都必要在孚信的條件下。
任何託付，都必要在志同的基礎上。

如此才能結合眾人力量，真正邁向可預期之成功道路。

這些過程考驗，不論來自於外在之磨勵，還是內心自我之批判，都是靈子修行成長的重要歷程，必要經過這些，人的習性才能得到精煉而漸趨完整，由這引申於人生各項遭遇，不正是因為有了苦難，才讓我們得以成長？若是平安順利的人生，又何來意識覺醒與進步？

創仙誓玄明聖使傳——第二話「荒城聖域」，正是由玄明聖使所經歷之磨難故事，來讓我們明白修行之至真道，盡在自心惕勵，不著任何依賴，辨明生死，尋求真理至道，如此不斷反覆學習淬煉，終究靈心識性圓滿，而如實的修成正果。

九天經藏——
維心自立方證修真之說

人間道場盡廣盛，而多施濟於眾生，以解人生苦難，此證之於人性，乃必循依賴矣，必難得化生究竟。

似此以言諸類道場，並無如實，乃若安道院，不能引善於靈子，且理化靈子之迷，故道性難證，當枉費人生修行一番。

造物之教化，絕不在施濟，而必在引善，此乃指點光明路，而襄助修持功，故必衍智慧得，而廣申通明路，然此道盡由己也，絕不從依賴，能由此而立成者，乃得證仙佛本願，是必得仙佛體，而究竟仙佛身。

世人皆知修行，然多循依賴，不知明己正心，似此成見已歷數千年矣，雖證魔惑但從人性之妄執，而不得止步，故欲由此醒覺，實為大難，乃知仙佛教化行道，實證魔障重重。

人心立安處。不循諸法道。
除盡非想妄。我自無憂惑。
繁雜問道清。理得盡澄明。
慧智生境界。學易證修行。

此知維心安定之道，正在習易，是言修行至正實為易道，人間道場虛擬世界，為仙佛根據五行力之行政所建構，是明道場世界之大則，必從五行制義。靈子修行於其中，必為道心之護守，是必得五行真性，乃能明觀此世界而證生慧智，此為止欲捨妄之必要根基，乃實成定心安住而為真正之修行。故言定心目的，能得此，皆可言善法，然靈子執心必證坎，皆難捨此心躁妄，是無能定心，故多數修行者，盡其一生，不得道證，且多惑於世道，不能自明。是仙佛必指明者，即世人修行早受魔惑之誤導而失其正矣，此靈子持修當自問：「但逢人生諸端境遇，無別善惡，是否皆能緣業而順受？」

即證有得者，無過悅而執貪。
其證有失者，能處寬無行妄。
必證害厲者，少懼疑益前瞻。
實證危傷者，多彌補不申障。

若能為此，方得修行證功，此即定心明觀世界而能善應對，此法必證慧智方可言如實，且觀世道常法，何能為之？或當證人生無日，方得真正醒覺，乃不惑於緣業境遇之申障，而願寬執一切，然於此，道功已難證，是必復為輪迴矣，乃一切從頭。

故仙佛必指明，「易之道」方為修行至正，蓋虛擬道場皆循五行制義，即自然因果，而易之所言，即此五行因果之全道，本為仙佛創世引渡靈子修行之始，所傳真之至善法，唯歷史既久，世人早無知其本來，又盲目堅持井觀成見，以為「易」必非易，盡視之為玄，乃拒之而不學，故習易正法早無存，而有志修行者，乃難得其正矣。

「易之道」必為至簡，是當知「無為而為」，即日常恆復持誦聖人心得之繫辭，久之自生體會明悟，此世人有心皆可為，故言至簡，而輔相之法道，即助易理自申證以成有孚者，即易道衍成之五術，此靈子持修以之，即為修真至全道，是必得定心安住之法濟道門。

循易知易更明易，皆在執心立道行。
造物引善盡由此，修真證劫乃化真。

第一回
江湖

明道錠凌界第五千三百一十六年，即仙魔紀元二千六百一十四年前，是嚴重影響荒原宇宙東方世界發展的關鍵，這場毫無預警的聖魔大戰，拉開了為期百年不分陰陽界限之世界毀滅序幕。

這段百年中難以遺忘的時期，分別了東西南北中五方，各自不同的人間煉獄景象，其中在明道錠凌界之北地，其中所發生之事件影響，甚至延續到今日仍無解決，以至於這北地，原本屬於極美麗夢幻之仙境疆域，成了現在名符其實的人間「荒城」。

這遙遠的故事，就得從荒城東北方這所謂的「亡魂惡界」說起。

「亡魂惡界」之名，是從遠古聖魔大戰後開始的，原本那一處在「明道錠凌界」時期，是北方最大國度「日月王朝」之首都，稱為「明府」，於聖魔大戰之時，慘遭聯合敵軍圍困數十年，將裡面數百萬軍民活活餓死，王朝皇帝「帝江」臨死前連同僅存數十萬軍民，發動禁術——「咒怨生祭」，招來了異度幽冥之原始惡魔「魂執七烆罪」，這七大惡魔接受了帝江之獻祭，帶領旗下三十二魔將現世，雖然七罪將敵軍滅了，但從此奴役著這群王國亡魂，就此盤據明府，直到現在。

做為王國獻祭之數十萬亡魂，永世拘禁在這明府，不得轉生，不能進化，只能反覆遁生於當地之各種生物藉體，長期為惡魔奴隸，生死不能自主，實在是身處無間之地獄，所以這亡魂之哀嚎慘叫聲在這二千多年來並無間斷，只要在其周圍，都能清楚地聽到，因此附近也就漸漸地沒人敢居住了，這就是亡魂惡界的由來。

這七大惡魔，帶領這三十二將，於陽界這二千多年的修行，個個早已境界高深，在北地這荒城，算是無人能敵，也是沒有人敢提及的存在，至於為何稱為聖域，這其實算是古地名了，原本就稱為錠凌聖域，被這些惡魔弄得人煙稀少，所以從此就加上荒城二字了。

預入江湖負行囊，北地聖域不知鄉。
知名荒城今猶在，到底前方是何妝。

皇城寒衣義相識，天部暗影更循縱。
青華旨意青陽復，定侯乃歸道門中。

契旅識途為方客，明指北地多鬼殤。
觀音復言相刑道，獨我孤軍為一端。
由此明得義行道，兩路為途前後方。
更要秘密停步走，是防邪魔故參商。

這荒城聖域之廣大疆域，是名副其實的江湖，到底深淺如何，即如萬丈深淵，一個不小心，也就沒有回頭路了。

相比之下，在華梵皇城疆域，是為皇朝守護之地，本就平和許多，在皇城生活慣了，來到這北地，必然有千百個不適應。

根據光明聖使——「苗姜」與修行契旅團——「彭九元」所說，荒城聖域主要分為五大區域，東為「萃湖」，南為「蛟龍幻離草原」，西方是「望星谷」，北邊則是「雪山縱走山脈」，中間統稱「荒城遺跡」。

其中有四大危地，基本上是生人勿近，一個是南方的魔鬼原，另一個是偏西南的白骨山，還有一個是西部的無魂草原，最後一個更是眾人避談之處，最是危險恐怖，真正的生人禁地——北方的亡魂惡界。

除了這些以外，還有多個不算是友善，甚至可以說是敵對勢力，比較上該注意的，陽界就有釋門、儒門、義門以及白骨山之骷殤，陰界則更多，除原本之七煞魔皇與骷殤外，還有惡魔邪鬼害厲之類，總之，整個北地，除了道門基地外，大都屬於非善之地，至於龍宮，因不與外界接觸，所以難判斷立場，不過光明聖使呼百顏曾為了拉攏龍宮，佈置了一段好長日子，只是許久未曾聽他說過相關之事，也不知進展如何就是了。另外神鑄一族也是該注意的，這主要在於他們所生產的神器，相當程度上左右了各方勢力的實際程度。

「根據這些訊息，看來我們得做好充足準備才行，為了道門的發展，在北方立下扎實的根基是絕對必要的，所以散人建議，在這荒城聖域成立北方道門總部。至於建立總部的地點，依照勘查之地圖來判斷，應該會是亡魂惡界最適當。」

「你們看，我們這北方道門基地，正處於荒城遺跡與雪山丘陵間之往來要道，前方被永凍河包挾，左邊邪鬼山洞擋住，在地理環境上甚為不利，若以兵略而言，若遭多方勢力圍攻，必不能保，以目前道門實力算是堅強，所以妖邪不敢入侵，一旦勢力上有所消長，那就完全不同，而是必然處於被動了。

而以亡魂惡界之環境，四面都是雪山峻嶺，進出口只有一個邪鬼山洞，雖是絕地，但好在腹地甚為寬廣，足以作為長期堅守，若取下這地作為總部，右方觀學方域為龍磐，左邊丘陵再立一基地為虎踞，則此帝王風水態勢，將是穩穩的永恆基地。

等立基完成，再於荒城遺跡進行造鎮計畫，那麼這兼顧發展與需求之基地，必然得以欣欣向榮，而往後北地之造物道器與勢力，也能為我道門所掌握，至於進一步，就是往幽冥疆域了，目標可放在相對於荒城遺跡之冥界煉魔獄，不過先能把第一階段完成後再說了。」

目標有了，接下來就是進行了，這點散人當先做安排，跟著交代了暗影星使——朱九真聯繫事項，謫仙人在完整交代完後，與玄明眾人說道：「不管如何，我們就先往北地遊歷一番就是了。」

遂安排多路啟程，玄明與謫仙人等同一隊伍，楊定侯與姬叔明等一路，五仙與修行契旅團也都各自一路，總共分四路，直接往荒城聖域去了。

由皇城疆域至荒城聖域，途中需經過東海、冥谷荒域與北海，計約萬里之遙，這東北海上，僅需高飛，並無危險，但冥谷荒域，可就不同。

冥谷荒域，是由高山峻嶺層層疊疊所構成之極大疆域，是玲瓏世界六大洲之一，此處彷若與世隔絕，於外界而言，沒有任何相關資訊，由傳言所知，若從這荒域之上經過，肯定從此於世上消失，這傳言經過了多番證實，所以後來大家都一定繞開這荒域之領空，循海線進行，這裡必然是玲瓏世界最神秘危險之方地。

場景——聖域湖畔入口

玄明一行人乘扶搖飛行，經過了十數日後，遠遠望見了層層疊疊的高山擋道，這些高聳入雲的山脈，是已到「刀劍地獄」與聖域之交界，要進去荒城聖域，就只能從地面這湖畔入口了，一行五人早早下了扶搖，順道藉著難得機會，沿途欣賞這迷幻般的風景。

小徑斜陽柳，翠湖迎賓。
遍地窈窕風景色，陣陣臨風悅佳人，
卻是仙居。
盛道星鬱松，林深來客。
但有奇驚幻精靈，憧憧往來睿有思，
好個聖境。

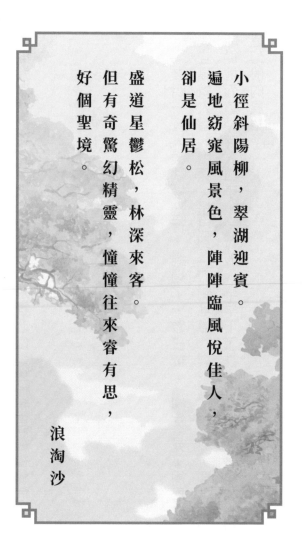

浪淘沙

用這首浪淘沙來描述這荒城入口景色，的確是最好不過了。這聖域入口處，就是翠湖與鬱松林中間的通路，因人煙稀少之故，僅成為狹道之小徑。

其實這一地帶，是特種精靈——「綠光」之繁衍地，他們身上帶著綠色螢光，就像蝴蝶飛舞林間，由此得名。

這翠湖極廣，見不著邊際，一邊緊連著荒城山脈，只留一道羊腸小徑，可供人行走，這一整排垂楊柳，看來可能都已千年以上，腰彎的雖是大方，然各有不凡面貌，根底隱泛光華，亮晶晶的就如淘沙。

過這小徑，就是一整片星鬱松，這名字取得極好，根根直入天際般高大，點點繁星就如落在枝頭，四處都見小小精靈飛舞，也不怕人，淘氣地穿梭嬉鬧，一尋煩惱皆遺忘，優遊來往緣客，樂活的竟似神仙。

玄明眾人，實在不捨這入口景色，流連間，五仙一行也來到，大家一陣寒暄畢，紛紛驚嘆聖域麗景，搖曳地走出鬱松林，眼前一亮，卻又是驚喜。

青青匆匆，天涯無蹤，一履行步無著處，
滾滾蛟龍躍江河，花香數遍又不見。
慶雲靄靄，若我仙渡，九曲迴陽繫金階，
層層幻夜問何識，道轉尋覓更幽會。

踏莎行

眼前草原一望無際，遠望可見迢迢江河匯聚，水勢沖天，竟如一道道白練，漫天飛舞起來，遍地雲靄，花香處處，眾人行於其間，恍若乘雲踏雪，輾轉間青草越過眼簾，一切都不曾見。

天上金曦耀目，映照眼前一片，地上階步，道道披了金黃，回頭更望，直如登天，疊疊踏踏，翠綠已不見，再下一處青草地，傾刻間又是浪花一整片。

「仙仙呦，這北方名為荒城，菲菲還以為是很荒涼不好看的啊。」

「這是美麗又充滿奇幻的地方，稱為荒城，是因為聖魔大戰後，多數種族選擇隱遁，導致人煙稀少之故。」

「難怪那麼久呦，還沒見到其他人。」

謫仙人微笑地看著菲菲：「給，妳最喜歡的。」菲菲眉開眼笑地接過去了。

金豹子嘆道：「這地方著實夢幻，好似天生麗質，貌比無顏。」

金廚子也嘆道：「三哥還是沒長進。」

金豹子瞪了他一眼：「別以為你能飛，我就抓不到你，應該找機會讓你試試嘲風幻影神通。」

這裡的確就如幻境，是水精強力之造作。

「前方還有一段路，越過了萬里長城後，循著荒城遺跡古道，一直往北走，接近雪山支脈下，一環形高地處有一山莊，就是道脈分部，苗姜聖使應該已傳美酒等候，我們加緊趕過去吧。」

這山莊名為「觀學方域」，算是道門培訓菁英專才之基地。

到達山莊近郊，眾人遠見一條筆直大道直奔正殿，兩旁星鬱松矗立得齊齊整整，地上青紅玉，不沾俗塵，陣陣紅光隱現，眾人越過，只見玄明、謫仙人穩健，餘門人皆止不住驚嘆。

「活了這歲數，這東西真沒見著過。」

「這地上的是青紅玉，我長年盜寶，也算有見識，但不曾見到用來鋪地上的。」

「其實靈谷那邊有一處也是，我練幻影術時，曾傳送到一處，印象中遍地竹林，中間小徑上的就像這東西，不過不知怎地忽然被打暈，醒來後也不記得到底在哪，不過可以肯定就在山谷內。」

金溜子笑著看金豹子，因為那一棒正是她打的。

旁邊金獅子如常，一樣只是安靜地陪著這夥兄弟，這與初入谷時相較，會覺得不是同個獅子，以前老稱自己小喵，無膽愛抬槓愛說嘴，現在是冷默寡言，大家都說，肯定是修行覺醒後，靈魂也跟著進化了。

菲菲則一路嘮嘮叨叨地拉著謫仙人，指東指西地到處問。

這時楊定侯與姬叔明也來到，大夥一邊談天說笑，可見得心情上，大家都是十分快意的。

玄明一邊靜心持咒，一邊注意大夥行止，終於能稍微寬心了下來。

行過星鬱松步道約百丈，正殿已在眼前，苗姜與道門分脈眾執事，已立於廣場正中盛情迎接。

觀學方域

此處是「聖明玄德修真道脈」於玲瓏世界北方分部，稱名「觀學方域」，即如五道主體之山莊建築。

山莊倚靠雪山縱走山脈，接近荒城遺跡中央地帶，隔著一整排之廣大雪山丘陵，與翠湖遙遙相對。

兩旁星鬱松構成之筆直大道為入口，約二里之遙，進入後直接到觀學正殿，其面寬六丈有餘，殿外左右矗立丈許神獸狻猊，步上階梯，中不設門禁，循左右偏門移入正殿，可見正殿中央，敬立盤古聖使玄生法像一座，造型神采飛揚，著實駿逸非凡。

這是山莊會客之所，其後連結之造作建築，含「問道廳」、「理道塾」、「安道院」、「聞道場」、「省道苑」等等坐落山莊之間，其中迴廊曲徑，庭園花苑相連，奇花異草，芳香片片，真叫人煩惱盡忘，醒人心猿。

全建築佈局，配合太玄道經諸護陣術，且依奇門衍化而造成。

第二回
勘查

北方五曜護星使當職——仁星苗姜，與光明聖使八荒無識——呼百顏，中部——郭宸、合部——黃天祥眾主事，於方域門外迎接玄明聖使一行人。

眾人一觀玄德仙吏苗姜不似以往，與在皇城戰禍時已大不相同，道體流轉，神氣蘊藏，已達「真身印形」之境界，隱約可見其身後道體，皆忍不住讚嘆。

「實實在在，好一個千手觀音啊！」

素履纖足，且踏祥雲，清淨飄逸猶春雪，
醉裡尋月映還真，直如千手凝化形。
顏貌肅正，慈祥端莊，舉止顧盼悉陽目，
連指玉手降魔杵，世稱廣濟真觀音。

苗姜一行與眾門人互相寒暄畢：「剛剛行功未收，所以隱約可見真身，讓聖使見笑了，我的好徒兒，等等看看有什麼長進了沒？」

楊定侯快步向前：「師父在上，徒兒拜見，五年沒見，恭喜師父境界遠勝之前。」

玄明拱手作揖：「行者久聞觀音之名，今方得觀，實為幸甚。」

「聖使慈仁謙讓，果不虛傳，道人苗姜有禮。」

皇城百日禍劫之時，玄明正於謫心湖潛心修煉，他出關之時，苗姜早回北地，故兩人是第一次見面。

眾人陸續進入山門內，於正殿分賓主位就坐。

中間正位護牆上，備「聖明玄德修真道脈」八字大紅篆文，筆勢龍飛鳳舞，觸之蒼勁有道。

「行者觀此篆文，甚是雄偉，乃出仙吏之手？」

「道人酒後行文，聖使見笑了。」

「非也，行者如心之嘆，此書文乃真壯行也。」

苗姜點頭稱意，眾人也見，皆稱奇不已。

「仙仙呦，這不是雕刻呢，是寫上去的喔！」接著毛手毛腳地徹底摸了個遍，眾人好奇，也都跟著。

「俺老孫瞧這行字也不怎樣，我這師父說是修行者，盡說些恭維的話，丟臉。」

「你這潑猴甚是無禮。」

「無妨，本是任意行楷，覺得順眼，所以題在這邊而已。」

「或請孫行者也露一手，讓大家見識見識。」

「這類不算本事的，老孫一概沒興趣學。」

正閒聊間，呼百顏等問起天魔血誓之說，要謫仙人講個明白，到底是如何贏過魔皇第一高手——「生狂」的。

「這主要還是在論輸贏的條件上，魔皇上了大當了。」

「怎說？」

「勝負條件於我方有利，生狂過於自負，所以讓我們有機可趁，並不是真能勝得了他。」

「我們將勝負定在能接下他幾招的情況下論勝，以當時生狂之認定，我們加起來都不可能接他十招以上，所以與他議定百招為限，若他百招之內不能制服對手，就算他輸了。」

「那要在他手下撐過百招，應該也是非常困難的。」

「沒錯，但他不知道我們有孫行者在，這第一回勝就是出其不意，孫行者雖敵不過生狂，但對上百招還是勉強足夠的。」

「什麼勉強足夠，是輕而易舉好嗎！要不是老孫手上沒趁手武器，哪能輸給他？」

「是的、是的，呵呵！」

「那第二回勝呢？」

「就由楊右使上場了，配合聖使之七星寶讖，終於也撐過了百招。」

「七星寶讖？」

「嗯，能在一定時段內，大幅提供受祝福者的實力，其實這有一些賭注在內，畢竟生狂實力若何，實難判定，只是當時也有青華聖人之允諾，估計可以安然過關，故設此計畫。」

「不過，這二回勝利都是靠第一場贏來的機會。」

「第一場由玄明聖使上陣，輸得乾乾脆脆，於是有了後來百招之提議，魔皇也才輕易答應的。」

「哈哈，這樣我了解了，真是不知哪個壞蛋想出來的法子啊，說要與人拚實力勝負，卻是拐騙了人家，呵呵！」

「嗯嗯，這個……」

「仙仙真是壞蛋。」菲菲在一旁燦笑著跟著附和。

大夥想起當時魔皇賭輸情景，也一陣轟笑了起來，不過也都大讚生狂有信用，不囉嗦，只是想那晦藏，又該是震怒了。接著又問：「聽說太玄湖自治計畫，不是應該最困難的嗎，怎麼我聽說到的，似乎進行的一點障礙也沒有？」

「這要說巧合了，前華梵皇朝武德皇后，正是麗水一族的人魚貴族，而修行契旅團之劉環，本身是純正赤鵬血統，又與眾獅鷲首領相識，所以由他倆去負責斡旋，當然更重要的是聖人所提，都是兩方互助得利的方案，自然沒什麼阻礙了。」

其實應合人心，在兩相皆能取利的情況下，自然能順利達成合作的。

接下來謫仙人提起這江湖遊歷於北地之正事，乃在建立道門北方總部，而預定地點，即在觀學方域東北角的亡魂惡界，所以想趁天時尚早，先過去勘查一番。

苗姜與呼百顏等聽到亡魂惡界，皆面露驚訝神色。

「這亡魂惡界，在我們這北地，幾乎是絕口不提的存在，實在是因為裡面惡魔修為強悍無匹，深怕出聲提其名即能有所感知，若他們有意為難，就難以平靜了。」

玄明隨即誦念了「封」字，將整座方域進行了結界，並請苗姜仙吏進一步說明這些原由。

苗姜回憶道：「那是我們北方公認的生人禁地，裡面有著七大惡魔與三十二魔將，並有數十萬受拘禁驅使之亡魂屍人，這屍人也就罷了，但那三十二將非同小可，道人與道兄在北地曾與其中二位交鋒，表面上是不分勝負，但我自知是吃點小虧的，看那部將實力如此，更遑論七大惡魔了。」

呼百顏接著說：「沒錯，當時我和仙吏在『魔鬼原』勘查『昇龍洞』之時，恰好遇上那二位魔將，本來想相安不理，沒想到對方卻直接打了過來，在一陣往來後，我也落於下風，幸好昇龍洞中的蛟龍臨時出現攪局，我和仙吏就此趁亂離開，不然後果……實難預料。」

「就我接掌合部以來，數次為了任務探查亡魂惡界，有一次在邪鬼山洞附近，被其守門軍發現，出來四位魔將，幾乎是一轉眼時間，已折損了我部數名星使，唉，要不是我的『陸吾』速度飛快，恐怕我也逃不了。」

「就連黃道主出馬，也難敵那些魔將嗎？」

「道主之名，實在有愧，但魔將實力，的確不可小覷。」

「這樣的話，這取得惡界之計畫或許得再緩緩了。」

「嗯，單靠我們，實力有限，所以散人事先邀集了一些道門隱藏幫手，想來幾日內也就到了。根據散人所得情報，這惡界不日將入世侵略這北地，就算我們不主動，未來也將被迫與他們對陣的。」

「嗯，仙人這消息是確定的，我這一族位在雪山丘陵山脈洞府，算是世居接鄰於惡界區域，對這惡界也算是熟悉，根據我族人近來的觀察，惡界與往常相比，已有諸多不尋常的舉動，除了魔將經常在外地探查之外，惡界裡的聲響，也繁雜了許多，感覺起來就像準備要對外出兵的樣子。」

這申部郭宸，進一步確認了謫仙人所得到的情報。

「可是那群亡魂屍人應該不能出這惡界吧？」

「照道理說是如此，但不知裡面魔王是否神通廣大，能破除造物限制？」

「造物限制不可能被解除，我是覺得有一種可能，這是來自天意，若真如此，自然就是另一場天劫即將來臨。」

「若如仙人所說，那我們也不能坐以待斃了，得趁數十萬大軍未出山谷之前，把他們堵在裡面才好。」

「這事先圍堵要是做得到，絕對是最好的方法。」

「這倒像是『日月王朝』的歷史重演了，只是圍堵之事，做起來可不容易。」

「只靠我們自然不行，散人來時已做了些準備，我們先去實地查看，等他們來了之後，好做些決議。」

「為求萬全，道人與西極之敦煌釋門有些淵源，我來看看能不能從那裡多找些幫手來。」

跟著，楊定侯陪他師父即刻出發往西極去了，玄明與謫仙人、呼百顏、黃天祥、郭宸五人，也帶了五仙、孫行者一起前往邪鬼山洞先試究竟。這菲菲本要跟，謫仙人心中忐忑，一股不祥之感頓生，覺得不妥就拒絕了。

不到半日，一行人來到亡魂惡界入口之邪鬼山洞。

「這山洞感覺竟如永恆黑暗般，看久了，就好像有人注視著你，真是讓我老豬毛骨悚然。」

「這是幻術使然，還是真正天然造就？」

「這有差嗎？單單聽亡魂惡界這名字，自然是要這種感覺了。」

「三哥你號稱幽冥界勇者，來吧！讓你表現一下。」

「你沒見我紋身嗎？」

「這跟紋身有關嗎？」

「我紋身是因為可以避鬼。」

「這老梗了，不好笑。」

「安靜點，我們可不是來觀光的啊。」

「且待我一試究竟。」

只見謫仙人羽扇一搖一晃，同時藉體金光迸裂，亮出一個真身來：

環足玄道，七彩映雲，雄渾偉盛立淵峙，
火象重重臨若身，九幽稱言始證形。
金剛震目，蛇髮修羅，一體善惡名縱橫，
鬥地混沌運冥珠，智者為號乃識真。

謫仙人展現這惡體真身，著實驚人，不僅模樣令人震撼，且橫生四隻手來，且看他冥珠立運胸前，下雙手衍太極，上雙手捻道訣，大喝一聲：「行御，解阡，化陣！」

瞬間冥珠光彩大盛，一道紫虹向前傾洩奔去，氣勢浩大，明光耀天，但在接觸鬼洞之瞬間，卻直接消失得無影無蹤，好像什麼都沒發生一般。

謫仙人笑著說：「借惡體真身動用冥珠，也無作用，看來只能期待嘲風幻影了。」

「三哥，說你呢！」

「你要我找死啊！」

「掌櫃神通，尚不能動之絲毫，可見此陣法之固……」言未畢，陰風已陣陣吹拂了過來，玄明早有提防，隨即聲言道：「行者路過無知，妄動貴地門禁，已失禮在先，故先行賠罪了。」緊接著一陣金光過後，本來漸漸圍攏過來之幽魂暗影戚風，已全然消失無蹤。

「聖使這一試，應該可以有些掌握了。」

「行者已有理會。」

「這樣就回去啊，俺老孫還未叫陣捏！」隨即直衝了過去，但未至洞口，就被玄明叫了回來，一聽說要他保留實力，這潑猴也就舒心地應承了。

「老大，我看這猴子也滿好呼攏的。」

「怎說？」

「你沒看聖使隨便說一說，他也就開心了。」

「聖使若這麼說我，我也粉開心！」

「你們神經都太大條了，根本不知道聖使說的那四魔將，到底什麼境界。」

「二姊，什麼境界？」

「我在想，如果當下他們想殺我們，都不會是大問題，要不是聖使用上了七星寶識，現在結果就不同了。」

「真假，看來我得試試！」

「有你機會的。」

「仙人，那後面？」

「等東風吧，單單我們這一群，是無濟於事的。」

「心情別太沉，大夥先輕鬆一下，散人自有把握的。」

第三回
遭劫

晚夜，玄明思惑未眠，心中埶量惡界一事，不成想這般棘手，心情煩悶，舉步閒搖，不知不覺來到一處曠野，是觀學方域裡連接省道苑的一處山坡地。

星空燦爛，霞光淩波。

晚風徐徐，正當醉人。

就在這時，一道幽影凌空瞬移，滯留蒼鬱松高處，目光落在玄明身上，傾刻間一道精光瞬過，玄明立覺合掌，全身泛起金華，掩了這突來金光，幽影見一擊不中，已迅速消失於黑夜。

玄明撿起落地之飛箭，一念忽生：「這感覺……有些微妙啊。」

尋思自造物化生，茲習道法以來，內心從不見些蕩漾，難道此劫將與惡界同時而至？罷了。「造物正驗，無從躲藏，福禍相生，何如欣然。」遂收起這飛箭，揣在懷中，也不追究，逕自閉目養神去了。

陰風狂起，鬼嘯嗚咽，地動山搖，日月失光，觀學方域有如落入了一處暗黑虛無，一概道門眾人，瞬間不見影蹤，唯存玄明一人。

玄明提術，腳踏七星，望之既遠皆無邊際，更不見半點光明出口，只好在這乾坤不接之虛無方地，運起了如意金鐘罩，只見虛空漫涌金蓮，層層疊疊，金絲繫繭，環宇堅實。

此外謫仙人等眾道門，正與魔家四將對陣僵持。

招來式往，敵我奮張。

鏗鏘擊劍，術法應將。

只聽一聲呼哨傳來，魔掩法寶，留式收招，隨著陣陣輕蔑笑意，四魔漸漸退去。這時天際已清，謫仙人等發現聖使玄明已無端失蹤。

謫仙人思索魔將氣息，與昨日鬼洞處一致，已知聖使遭惡魔擒獲，雖估計聖使暫無危險，但這下原先佈計節奏已亂，要能持續，就只能作勢強攻。

只是少了聖使，我們的力量，可就差了一大截，一時之間要尋找強力的大助，也只有他們了，但早聯繫了，不知那些傢伙願不願意出手相助？唉，目前不知聖使消息，時間緊迫，也只能看他們的意思了。

十字星公會

修行契旅團五人，急忙地從公會大廳出來，劉環復身赤鵬，載著夥伴，以最快速度往觀學方域前進。

「這消息若是真，該怎麼辦？」

「來自於她的消息，只能是真，這點我們感受最清楚。」

「不知對方將何時動手，我們還來得及嗎？」

「只能盡力了。」

「哼，真沒想到同為正道，竟然與惡魔勾結！」

「這實在令我訝異，我到現在仍然不敢相信。」

「只是沒想到聖使的一切，竟然早就被他們掌握。」

「據她說『我們沒想到的，比事實上少很多、很多』，這會是什麼意思？」

「我也一直迷惑著，唉，她又不明講，只強調不能說出口。」

「等等，不能說出口的，那會不會就是我們這北地流傳的……？」

陰風刮骨，皮肉無附。

蕭蕭戚雨，骷殤留存。

這暗語所代表的是——七惡魔之痴難，她能聆聽世界之聲，任何她想聽到的聲音，都不會遺漏，而經歷過她的術法招式的，只能遺留屍骨，故有此傳說，他們以為這四句對她而言是讚美，所以不算北地禁語，其實恰恰相反，這四句才是真的不能說。

「那我們剛剛說了這麼多，不會引她來吧？」

「怎麼可能，我認為那只是傳說，連她也會……太過誇張了。」

「其實啊，一點也沒有誇張喔，我這不就來了嗎？難得你們還知道記掛我，就給你們一刻鐘時間，努力逃命去吧，等等我們就要來玩捉迷藏了喔！」說罷，這痴難桀桀怪笑聲不止。

修行契旅團五人，真沒想到來了這女魔煞，聽到她那笑聲，簡直魂都快飄了一半，這捉迷藏是這魔頭出名的把戲，二千多年來，聽說只有一位僥倖逃過。

五人異口同聲：「沒想到真讓她說中了！」彭九元即刻下決定。

劉環毫不猶豫一個轉身，直奔西南方過玄嶺之「臥龍居」。

「這下完了，只能眼睜睜地看大家落入陷阱。」

「先擔心我們自己吧！」

「這魔頭難道有能力瞬移，還讓我們一刻鐘？」

「這算是至今無解的謎題，沒人知道她是怎麼做到的。」

「老大，我們引這魔頭過去，她不會見怪嗎？」

「這可是她要求的。」

「私底下跟你說的？」

「沒錯，她說這魔頭只會鎖定捉迷藏的對象，不對其他人下手。」

「真有這規矩？」

「說是魔頭自己訂下的遊戲規則。」

「不知神秘的她，是不是……嗯，不應該多嘴的。」

「聽天由命吧。」

「那小小的臥龍居，就是她住的地方嗎？」

「不知道。」

「那地方雖小，可是神秘得很，很多前往過玄嶺遺跡尋寶的江湖中人，都曾在臥龍居附近繞不出來，他們都說是被鬼迷了眼，怎麼繞都在同一地打轉，所以後來都盡量避免接近。」

「那應該就是奇門陣法吧，能有多神秘？」

「江湖上會此術的人也不少，還不是一樣沒能破解，我看絕不止是陣法而已。」

魔頭所說一刻鐘，只剩二分半，幸好赤鵬速度極快，已到臥龍居附近，遠遠見到七色光暈，上空好似出現一金色大門，遂不管如何，先衝進去了再說。

進去之後，眾人一看，這是一個充滿仙氣的地方，古松迎客，錯落雅致，剛剛被追殺的緊張感，頓時輕鬆了不少，只見那個她已在一涼亭等候，砌著香茶，悠哉悠哉的。

「你們先坐吧，我正要你們引她過來。」

不一會，已聽到痴難鬼桀的怪笑聲：「喲，五隻小耗子，躲到這邊來了啊，我來找找看，到底藏在哪兒了，可別讓人家找太久啊！」

「先讓她繞一繞吧，等我那群道友準備好，就是她的死期，現在我們這裡說話，她是聽不到的。」

「嗯，很抱歉，引來這魔頭，雖是您的吩咐，還是得跟您賠罪一下。」

「不，我還要謝謝你們的，千年前我遇過這魔頭，那時透過我這法陣，僥倖逃脫了，這千年來我對她這聆聽世界之聲，做了研究，終於讓我發現，這事徹底的真相。」

「真相？」

「嗯，其實她是透過那四句謠言，來追蹤的。」

「用那四句謠言？」

「沒錯。」

「在我們說了那四句後，的確她就跟著出現了。」

「那您如何知道，我們能引來這魔頭？萬一我們沒說這四句呢？」

「呵呵，你們一定會說的，這是玲瓏小仙的秘密。」

「先自我介紹一下吧，畢竟我們認識那麼久了，小仙是道門天外天明相姤無聖使之一——陳桐，江湖上人稱六臂魈魃的就是。」

五人一聽名號，又是一陣驚嚇，這莫不是江湖上的另一個大魔頭，不過她自稱道門，想來不為難自己人才是。接著彭九元怯怯地問：「六臂魈魃，怎麼可能用來形容妳？」

「呵呵，只要打起來就知道了。」

劉鵬還是忍不住問了：「既然大家同為道門，為何見死不救，放任聖使他們落入陷阱？」

「哼，那一群自以為是的傢伙，還以為自己本事多大，就該讓他們嚐嚐苦頭啊，呵呵，時機已至，你們就準備看這好戲吧！」

第四回 背叛

謫仙人為了能盡快救出玄明聖使，以防不測意外，所以快速布置了進攻惡界計畫。

根據情報，在邪鬼山洞前有條永凍河接臨翠湖，此時春夏交際，早已波濤洶湧，不復前翻安靜，這剛好可以用來布置「坎離刑魔陣」，以江水為坎，聖光為離，再於兩岸立役魂之三十六陰陽陣旗，必可有效拘束魔將之能。

為了隱密佈置坎離刑魔陣，謫仙人指派長於遁地的天部暗影——大耗星「周紀」與本能水遁的水府星——「余元」，趁著暗夜，由他們負責永凍河布下此陣之第一前置要務，這任務非常危險，故謫仙人分派道門眾人於二里、五里、十里之外分三處接應，以防萬一。

天色正夜，周紀與余元沿永凍河兩岸，進行安置三十六陰陽陣旗，不出半刻，二人屍體竟然由河中彈出，不知何時出現的數隻魔犬，爭相撕咬著倒下的軀體，身旁站立著雙魔將，頭上犄角，兩眼分明血光，其中一將雙手各握了一顆仍在跳動的心臟，兩人注視遠處的方域，詭異地笑著。

二里之處，接應者察覺有異之時，已被一群「磐石巨猿」所包圍，這巨猿幾近無敵，刀劍不能傷，夏招、姚庶良、風林、栢禮、單百招五位天部星使，急忙各自應付，一面憂心周紀、余元安危，一面又對於這群巨猿束手無策，危急之中，夏招祭出迷霧，要大家先往五里處看看，自己則前往永凍河救援去了。

姚庶良等四人到了五里接應處，只見為數眾多的骷殤，層層包圍著五仙，這五仙被逼於中心結成護命陣式，鬥能術法難以施展，非常勉強地奮力撐持，姚庶良等正要趨前協助，沒想到一陣幽光過後，現場再無其他，摘星五仙與眾多骷殤，這轉瞬間已不知被傳送至何處。

姚庶良四人著急設想，十里之處也必有陷阱，來不及思索五仙去處，遂疾速往十里處先行救援了。

這處是由皇城寒衣衛八人負責接應，因為謫仙人正愁這處接應人選之時，他們恰巧來到，謫仙人遂將他們安排於此，而在姚庶良等到達之後，見此地安然無事，尚未疑惑，正自慶幸，卻在一聲招呼之後，姚庶良等四人身首慘遭分離，只留下了種種的不解。

另外獨自前去永凍河之夏招，自然也是有去無回，縱使其隱遁能力再強，也難敵那雙魔之聯手。

在五仙方面，則是連同那群骷殤，被轉移至一處非常巨大的昇龍洞內，而這裡恰是苗姜與呼百顏遇上雙魔將之處。

五仙面對這群骷殤與蛟龍，正不知怎辦之時，卻發現蛟龍並沒有特別針對他們，只顧著與掃除侵入洞穴的骷殤，故趁機尋了個地洞鑽了進去，因急忙著逃離蛟龍範圍，五仙沿著這地底通道，一直往深處遁過去了。

五仙這一路深入，不知不覺中，已達地道盡頭，出了地面，皆不知道已是上了白骨山疆域之「役魂谷」，這是除惡界外的恐怖地獄，到了那裡還能安全回歸的，在至今的傳聞上，仍是尚無成功脫逃的案例。

場景——觀學方域

謫仙人等候著門人佈陣消息，一時心中煩燥難安，又思索期待的援軍不知是否應援，還有修行契旅團遲遲未有回音，謫仙人納悶憂慮，遂臨機一卜，沒想到竟得大凶之兆，震驚之時，忽然傳回惡界前線接應佈陣消息。

此時謫仙人猶如受五雷轟頂，整個思路一片空白，暗影天部主事與五仙，竟都死於這回行動，這全是因為自己的錯誤佈計所造成。

「就算魔將實力高強，也不可能一晚就挑了十三位我道門目前最具實力之戰將啊，這到底是怎麼一回事？」

呼百顏等眾人，忙著詢問八位皇城近侍，所得到的，也只是他們到場就已經是血跡斑斑模樣，眾道友屍骨皆已無存的說法。

這下連失聖使與多數戰將，道門出師不僅不利，還是損傷極其嚴重，要想再對付惡界，恐怕將已成空談。

這時方域外傳來一女將求見，自稱翠湖龍宮龍吉公主，為了聖使一事而來，謫仙人本來空白之思緒，終於暫時清醒了過來。

「她可是御真道之聖靈啊，或許聖使將有救了。」

只見聖女頭頂雙龍金角，外臂強麟，背身雙劍，銅煉武裝靈獸束甲，一身火紅，英氣逼人，直接對謫仙人等言道：「我與玄明有七世夫妻之分，今天來圓此業障，請你們與本公主配合，去惡界救出玄明來。」

此日復夜又當晨明，謫仙人苦思前後，長夜無眠，不斷釐清著，種種的前後因果，更對於易卜所指睽象之義，斟酌思量，終於讓他發現了一個不尋常且若巧合之處。只是想來想去，還是不能理解，他們的動機。

同時苗姜仙吏已與釋門儸大護法十衛到來，得知昨日情事，紛紛安慰謫仙人，畢竟惡界之眾魔能為，眾所周知，本非易與，這回釋門與惡界早有瓜葛，故早做了準備，有信心在惡界之戰派上用場。

明相姤無聖使

「天外天明相姤無聖使」是玄生造物主特別安排的荒原宇宙造物使，相對於光明聖使在明，這姤無聖使則在暗，世人基本上難以得知他們的存在，之前皇城大戰，姤無聖使受命不得支援，這回道門面對了亡魂惡界，凶險異常，造物主玄生為防止非設想在內的意外，故旨意讓他們出場。

這姤無聖使總計十三位，皆是十三光明聖使所分化之極體，在陳桐之安排下，早就聚集在臥龍居等候。

修行契旅團五人在時限內，千鈞一髮地將惡魔——痴難引來臥龍居上方這「金曦大陣」範圍後，陳桐就要他們五人作餌，等候聖使安排，時間一到，就引惡魔入陣，準備擒殺這魂執七衍罪排行第四的「執嫉」——痴難。

此時，臥龍居上金曦護陣，一直承受著痴難強法攻擊，北冥魔功之噬魂魔明術，正一步步地侵蝕破壞護陣，金色防罩已隱隱現出了裂痕。

「小耗子，別著急，嗯……我快好了，很快……我們就能開心地玩捉迷藏囉！」

「噬魂音可真是厲害，聽得我全身起了疙瘩，看來金曦大門很快要被打開了。」

「哼，真是不知廉恥，不知死活！」

看聖使陳桐一臉嫌棄又一臉自信，修行契旅團五人，倒全是聽得心驚膽戰，毛骨悚然。

「等金曦大陣撤除，你們五人就全速往東邊森林陣地裡跑。」

「我們這『八門金鎖陣』由八位道兄協力護持，剩下我們五位，各依道功適性站五行方位，就照之前所排練的方式。」

「等等我們一起圍上去？」

「先確定困住她後再說，這魔煉有『凌越』真身，很容易脫逃的。」

「就是現在，你們五個，快！記住，在陣地裡堅持一分鐘就好。」

「咦，呵呵……奴家找到你們囉，真是的……終於……嗯嗯……要與奴家來一場了嗎，嗯……？」

「哼，我們五兄弟，豈是妳能戲弄的！」

「喲，是喔，奴家好喜歡你這調調啊，哈哈……」

「兄弟們，今天我們拚了，死了還是兄弟！」

「對，死了還是兄弟！」

這修行契旅團五人，賣力地各出絕招，一時之間，眼花撩亂，倒是真叫痴難失去注意了。

「搞這些小花樣，呵呵……好認真啊，奴家……這就陪你們掙扎一下，就一下下喔！」

話說這五人實力好似也不差的，果真與痴難對招上有些來往，不過這絕對只是痴難的調戲罷了，相對大羅金仙境界，痴難看待他們，也就如螻蟻一般而已。

隱約陣形已成，八道門佇立完畢，明相姤無五聖使一齊現身。八道門鎖形成之純色細微光束，已迅速地纏繞在痴難身上，相對其身體不同部位，手腳頸部與腰髮上身，進行了拘行牽制。

「有你們這般對待一個弱女子的嗎？」

痴難嚇了一跳，以為被什麼東西綁住了，揮了揮手，並無障礙，又看了看身上這些光束，雖像是鎖鏈一般，但是毫無感覺，沒起到束縛作用，遂咯咯直笑：「害奴家擔心了一下，你們好壞喔，還想拿鎖鏈綁人家……」

痴難不知道這八道若有若無的鎖鏈，會隨著時間而慢慢增強，到最後是不管你境界如何，都難以脫離，除非除掉施陣之人，否則是不會消失的。

第五回 執嫉

魂執七烆罪

- 第一、執得即為暴食，自名——竇榮，屬於原初之黑。
- 第二、執怒即為憤怒，自名——暴女，屬於大放之紫。
- 第三、執傲即為傲慢，自名——王虎，屬於強欲之金。
- 第四、執嫉即為嫉妒，自名——痴難，屬於陰慘之綠。
- 第五、識惰即為懶惰，自名——典通，屬於施毒之黃。
- 第六、情淫即為淫慾，自名——申禮，屬於諱深之藍。
- 第七、意婪即為貪婪，自名——妄劫，屬於慚野之紅。

其黑紫金綠黃藍紅之形容，為惡魔境界等階代表色，以典通、妄劫稱「王」最強，竇榮為「杞」次之，暴女為「立」，王虎為「姤」接續，癡難、申禮為「烆」屬境界最低。

八門陣眼防護配五行強攻之八門金鎖陣，以八人為守為輔，五人依五行主攻，這需要十三人共同啟陣殺敵的大型陣法，是姤無聖使十三人為了痴難這惡魔專門修煉的陣術。

且觀這上乘道陣的運轉，連綿而不絕，能大幅提高陣法加持者的境界與實力，且持續越久，強度越高，相對受此陣拘禁者，則感受陣法壓力將越來越大，到最後連自身境界，也必遭壓制。

「無恥魔頭，看看妳的周遭，任妳大羅金仙有通天本事，今天，就是妳的死期了！」

「喲，原來是你啊，專門來等奴家嗎？唉，原來你不曾忘情啊，現在搞得奴家心裡，撲通撲通一直跳呢！」

「收起妳的噬魂音，別丟臉了，遇上特別為妳準備的『八門金鎖陣』，妳就認命吧！」

「呵呵，就靠這些小繩子嗎？嗯……再多綁奴家幾條，奴家……也是受得住的……」

「呸！真受不了這蕩婦。」

「是啊，這麼講話，不累啊？」

「嗯哼……讓你們嫌棄了……嗚……哈哈哈啊……」

「又哭又笑，真不像金仙。」

「小心，這是她的噬魂音。」

「越在乎，就越容易被她牽制。」

「嗯，我們先以守勢為主，各自立起防護，不要硬與她對招。」

「要等她境界受壓制時，才能出手。」

「你們五位，不上嗎？就算是女的，奴家也不在乎喔，呵呵呵……」

這痴難看與她對陣的陳桐這五位聖使，竟然只守不攻，打一個，旁邊兩位就來偷襲，搞得她進攻招式未使完，就要出手接招，本身最拿手的「噬魂魔明術」，似乎對他們不起作用，一番試探下來，仍無頭緒，遂出言挑釁，也沒人理她，正覺納悶。

猛然間發現，身上光束似乎變大了些，手腳也沒之前利索，痴難心中開始出現一股異樣的恐懼。

「哼，你們這群螻蟻，真爬上天了，還以為真能對我如何啊？」

緊接著，痴難媚女型態變化，一陣陣強大的陰風席捲，伴隨著慘綠色的邪光霧氣，與撲鼻噁心的極端惡臭。

「大家注意，這魔現出真身了，進行第二階段！」

「團長，我說這惡魔的長相，也實在太嚇人了。」

「剛剛那種奴家奴家的，這魂差點被勾了去。」

「現在簡直就像一團會流動的腐爛發霉的臭肉。」

「這霧氣八成有毒吧。」

「當然，幸好都鎖在陣內。」

「嗯……嘔……這味道，我實在……」

「這……花笑子也比不上。」

痴難變化真身後，化形多道觸角，分別五方位，攻向了五位聖使，身上八門金鎖陣的拘行光束雖仍在，這觸角行動似乎沒受限制，只見觸角形成尖刃，或劈或斬，或穿或刺的出現聖使面前，恍若一瞬。

五位聖使吞下「辟毒金丹」，運起多層防護陣法，各自祭起法寶，極為驚險地守住了第一波攻勢。

這噬魂音暫時沒了，但換來惡臭味，還有陣陣劇毒，總之都是噁心，修行契旅團五人一旁看這打鬥，實在怵目驚心，這等境界打架方式，想都沒想過，看那五位聖使，額頭上的汗珠滲得發慌，不禁深深擔心了起來。

「這魔如果突破金鎖陣，看來大家的性命今天就要全交代了。」

「可惡，我們只能在旁邊看，一點忙也幫不上。」

「我們去幫，只是扯後腿吧。」

過了一刻，這痴難攻勢漸漸綿密了起來，速度也越來越快，五位聖使似乎有些招架不住了。五位聖使緊咬牙根，雙目專注，個個身上多處傷口，血流不止，只是未成要害而已，看得出來，在勉強苦撐。

「不好。」

「怎辦？」

「哈，頂多陪命而已。」

「沒錯。」

「就是這樣。」

這修行契旅團五人，實在非常講義氣，其實這會兒，他們是能趁機逃跑的，世界上有人就是重義氣強過保命，這種不惜捨命也要堅持原則的正義，正是造物主欣賞的人格特質。

在眼看五聖使幾乎支持不下的時候，八道光束變形為粗壯鎖鍊，牢牢地鎖著痴難的真身，這些觸角的速度，也終於明顯地慢了下來，這五聖使足足堅持了一個時辰，終於到了八門金鎖陣真正發揮功用的時候，強弩之末，不穿魯縞，大家總算能歇一口氣了。

五位聖使再度服下金丹以恢復傷勢。

這時聖使——丁策首先發難，其真身飛天——奔日，有如武神雙翅，一式連招「刑無練」，雙手舞動「水火雙刑」，護住全身要害，避開痴難觸手尖刃，隨即口中吞吐，一道「拘魂晶鎖鍊」射向痴難真身中心，這鎖鍊專拘惡魂，是造物道器之一，這是為了防止痴難元神趁機遁離。

緊接著聖使丘龢也化出真身鬥體——術王，其形直如天神降臨，雙手合圍火焰，祭起天罰珠，此珠受道能催動，變得極其晶亮，光芒四射，一道無匹如悍雷之光——「天命之罪」，直落落地降在痴難真身之上，痴難這真身型態本難作聲，但被這天罰燒得正吱吱喳喳作響。

此時痴難滾動真身掙扎，原本數十道觸手，當下已縮減至十道，而且速度緩慢許多，觸手上之尖刃，似乎也沒之前銳利，這有些像章魚，一隻待宰的章魚了。

「這痴難已是逃不掉了。」

「最後就等天命之罪，完全毀掉她的惡魂了。」

隨著陣陣天罰，痴難真身逐漸潰散，只留下一團墨綠色痕跡，陰風霧氣老早不見，味道也由濃轉輕而不再了。

「終於算大功告成。」

「總算沒有白費功夫。」

「嗯，真要感謝五位小友，沒有他們，是沒辦法引這魔來送死的。」

「小輩份內之事，其實我們要感謝聖使數度指點與救命之恩。」

「沒事，我本來就挺欣賞你們的。」

「這場實在驚險，要不是陳桐道友們實力足夠堅持，這場誰勝誰負，還難說得很。」

「是啊，這魔的臭味是沒預先設想到的，沒想到和那噬魂音一樣，都能混濁心志，要不是道兄殷郊煉製的辟毒金丹，恐怕也要功虧一簣的。」

「總之，這場有驚無險，值得慶賀。」

「不過除掉了這一魔，還有六魔呢。」

「嗯，這其餘六魔，不比痴難，就得靠道門眾人一齊協力了。」

「我想大家都累壞了，先各自調息一下吧，等等一起往邪鬼山洞外與他們會合。」

「團長，這次真是大開眼界了。」

「不知到了大羅金仙，會是什麼樣的境界？」

「你看那痴難就是。」

「十三位聖使佈陣圍攻，才驚險地把她消滅，這真叫我們難以想像啊。」

「我們也才合體境界而已，什麼時候才能啊？」

「聽說修行境界是無止盡的，總之，有朝一日吧。」

天外天明相姤無聖使排名介紹

同屬道門聖使，是十三光明聖使所分化之另一極體，為道門最隱密之組織，其排名次序稱號「六子冥仙，虛荒元神道，御師陳生」，直指隱伏變化之詭道，其行為手段，大異於光明諸聖使。

- 六臂魈魃——陳桐。
- 煉虛童子——劉邢。
- 冥界喬首——李錦。
- 五仙藥手——殷郊。
- 虛無煉手——蕭橫。
- 八荒不敗——丘鯀。
- 混沌魔元——朱義。
- 神箭后羿——丁策。

．魔道縱橫——鄧秀。

．御靈策師——黃桾。

．六醜師毒——梅武。

．陳腔老道——趙升。

．無生奇遁——陳坎。

第六回
得救

星夜之下，大地昏暗，萬物沉眠之際，轟雷陣陣，在聖域這永凍河上，依舊是滾浪翻騰，雖是白練失輝，隱匿無痕，但留一片翻天驚懾。

此時紫青霓虹，從河中洶湧乍現，兩色交織，若雙龍之鬧騰，忽前忽後，並肩追逐，一陣嬉戲，直往天際，又見河中湧動，漩渦處處，若聖物之將現，只聞數聲撼天龍吟，久久不散，直至山河欲裂，終於見一物，七彩灼身，渾圓晶瑩，內中一物若胎，金華燦爛，浮現河中。

緊接著二龍爭競，一黑一白，時由黑奪，復為白噬，一來一往，相勝不讓，費時既久，至寶覺靈，二龍終究失機，此七彩聖物，凌空飛躍而去。

這一場景，讓永凍河畔惡界四魔將，看得極為清晰，隨著聖物飛逝，四道幽光，也極速凌空追蹤。

只見聖物一路往西，其速迅極，四魔將緊跟其後，正想辦法網羅。

「這永凍河我們看了幾千年，老是熱熱鬧鬧，果然是有些不凡啊！」

「哈哈，這種寶貝，特別叫我魔家看見，準是上天要賜給我們的禮物了！」

「大哥，這內中藏胎，會不會是傳聞中的聖靈啊？」

「極有可能，這至少是御真道的極品，我不會看錯的。」

「這寶貝一路往西，應是尋金母之性使然，可知純為水根，這對我們來說，恰恰是最需要補強的。」

「但同時來說，也是我們的剋星。」

「正好趁它剛出，令其認主，呵呵，那可就完美了！」

「嗯，近來事事風順，那麼久了，也該換我魔家逍遙一下了。」

「小弟，照這寶貝的速度，或許只有你那隻貂兒追得上了，不如放它捕食吧，不然讓它再往西去，恐怕要飛到那邊了。」

「嗯，沒想到一個剛誕生的聖物，也能跑這麼快，只是不知此物能為，我這貂較為忌水，怕有些妨害。」

「哈哈，那道門聖使不就也是個水根的，現在不是還在這貂的肚子裡乖乖的，可沒聽說有何異樣啊？」

「再不快點抓它，恐怕真要到那裡了，萬一被發現，那可多了一大票人跟著出來搶了。」

隨即魔禮壽驅使聖靈法寶「紫金花狐貂」追逐聖物，四魔將緊跟其後，見此貂越撲越近，終於大口吞下。四魔滿意地遁回惡界，一轉身，卻已轉入結界。

此陣行結界，如踏入無盡虛空。

天地裂震，驚魄釁魂。
八象巨力，連環動生。

或為震木，或為金斧，或見崩石，或成水火，將這惡界四魔將，團團圍住，包覆刑煉，是為道門正宗「五行陰陽八卦陣」。

就在這時，紫金花狐貂肚內虛空獄之聖物，已化回原形，正是龍吉公主正身，在找到玄明金繭後，催動紫青雙劍。

一輪紫炁，向天起縱橫。
一玄青真，縱地立乾坤。

二龍紫青幻化，在這似乎無際的虛空獄，硬生生劈開了一道獄門，此時這貂一聲慘呼，如嬰之嘶嚎，暈死於獸袋，龍吉公主隨即帶著玄明金繭，駕著紫青雙龍，飛騰而出。

龍吉公主心想那四魔在八卦陣內，應是無能脫逃了，又心急著確認玄明情狀，遂不幫手，逕直奔回了翠湖龍宮。

魔禮青四魔於結界受制，才知道這聖物是一場專門設計之誘餌，又見紫金貂嚴重受創，也知那道門聖使必已遭救出，這下恐怕難以對魔尊交代，心中甚為焦急，但此刻已全來不及，遂要眾兄弟沉住氣，留心陣眼，再強行催動眾法寶突破。

謫仙人獨力開此八卦陣，化二道真身為兩儀，以識核道能為陣眼，並由楊定侯固守核心，請苗姜、呼百顏與黃天祥這道門三大高手，配合伺機除魔。

數刻後，極為隱密之陣眼，意外地被四魔發現，干戈劍矢、厲聲混沌，皆往此陣眼殺來，楊定侯一見，驅使離象襲弱，成完全之護盾，擋去了大半攻勢，唯獨琵琶之音不退，在聲聲侵蝕之下，終於使這八卦陣，暫時出現了一道缺口。

四魔知道此陣厲害，只能脫逃難以破陣，滿懷不甘地隨這缺口遁出了。

這一陣，順利救回聖使玄明，但意外地讓這四魔逃脫，謫仙人心中疑惑，這八卦陣眼如何被那四魔識破？這可是他最有自信的部分，難道又是……？

回到方域，已接到龍吉公主傳訊，略說聖使無恙，先讓他在龍宮靜養之意，謫仙人對於心中疑問，表現得越發不急，大約已能鎖定嫌疑目標，又估量著，若真是其中一位，那道門內的反叛細作，可不僅僅是檯面上的這些了。

就這同時，謫仙人終於收到修行契旅團消息，彭久元等於陳桐除滅痴難之後，先行前往觀學方域，以確定道門消息，故比姤無聖使們提早到來。彭久元一到，就直接與謫仙人密談，說完了整個他所知道的確切情況。

事實果如謫仙人所判斷，只是他們藏得真深，且竟然都在這惡界計劃中選擇出手，這只能說明他們與惡界的關係，也證實了這惡界，從來都是在這世上做著影武者的。

根據彭久元所知情報，只能確定皇城寒衣衛八人為實敵，其餘道門細作尚待查證，謫仙人心想，或許能再假設進攻惡界之機，取得一些明確的分辨，遂再開始了進攻惡界之佈計。

龍吉公主救回玄明之後，就陪伴在旁，侍奉著玄明的起居，算是直接將彼此視作夫妻關係般的對待了，尤其在玄明懷中露出那節飛劍，龍吉公主清楚他這分珍惜，知道玄明心中其實早已是接受她的。

自從造物提示這七世業緣，她便忍不住跑去偷偷觀察著他，一回、二回、三回下來，真是越看越叫她難以放下，終於在一次晚夜，將這份感情隨著飛箭射向了那心中的他。

「不知他是否能真切感受到，如果造物提示為真，那他……一定能知道我的心意。」

龍吉公主心中忐忑，不知這方式的表白，夠不夠清晰，看玄明那模樣，文謅謅的、弱不禁風，應該不至於也是顆木頭腦袋吧。

直到傳來他被抓的消息，龍吉公主可是心急如焚，要求祖母派人探聽所有相關情報，終於是確定了魔家四將下的手，能在觀學方域那樣子抓他的，也只有魔家老么那隻金貂了，既知是他們，那麼便好計較了。

後來，這龍吉公主之計策奏效，只是玄明似乎不算開心，一直沉默，難發一語。從受到魔將神物突襲拘禁，到後來被龍吉公主救出，而暫時留置於龍宮，這一段時間，玄明始終思量不語，一直處在不斷地反省思考、慚愧悔恨之中。

「明明自己身負重任，必屬於妖魔邪道首要奇襲目標，自己竟然連一絲防備心都沒有？」

「明明自己已道成七星寶識，竟連一招一式也沒能與敵對抗，就這樣簡單地被設計拘禁？」

「本當為道門眾人之依靠，如今反成他們擔心的主要對象……」

「像這樣要如何承擔造物之大任，領導道門發展進步？」

「是我的能力本就不足，還是太過於輕忽不用心，或者……是過於依賴他人，而不懂得防備堅實自己？」

這每一次的思考，都讓玄明陷入失去自信的危機，這是九九劫中「無能之害」，一旦不能自信走出，則將墮入自死之機運。

有孚方能行坎，維心而反覆，就是正業之基石。

人能實際具信，必在有所掌握，這點唯有靠自己發覺與確認，也只有從這一點上養成自信，這才是自己真正的依靠。

第七回

設計

在姤無聖使皆於觀學方域會合之後，謫仙人為了除去道門內患，已事先鎖定可能之目標，刻意讓他們參與這一次的攻擊惡界計劃，這裡面自然也包含了寒衣衛眾人。

這八位，本當事先取他們性命以慰道門死去之英靈，但謫仙人選擇不打草驚蛇，想將他們的價值做最完美的運用，如此也能顧及青華聖人之原始用意。

這回計畫，僅有一個重點，就是時間之差異，透過這個重要情報，來判定洩漏機密者。謫仙人提了一個，很特殊的作戰方式，就是如同奇門刑魔之陣，利用各個時間差，互相支援出擊，以達到作戰成效的方法，因此他給參與會議的每個人不同的行動時間點。

只要觀察惡界，在哪一個時間點上有了特別防備，負責那時間點上的，就只能是道門奸細。「有那八位配合出賣情報，這道門奸細應該會很放心地跟著露出馬腳。」這是謫仙人與陳桐合謀的暗計。

在一處幽靜空間，屬於類似結界的方地，九個人各自隱去身形，針對道門謫仙人再一次的動作，討論著回應。

「他這種利用時間差的戰略，對付惡界如同搔癢，可見不是真要打，而是已經發現了我們的存在。」

「呵呵，那就將計就計吧。」

隨後各自確定了應對後，這為首的眼露精光，盯著大家特別提醒說道。

「這魂執七衍的『催命蠱』，你我身上可都是老早種下了，在沒有解方之前，大家得好好辦事才對，可別想些沒用的。」

「哼，這哪能有解方啊，要等他大發慈悲，只能下一輩子了。」

「若是除掉竇榮之命呢？」

「你呆啊，他死，我們身上的蠱也同時要我們陪命的。」

謫仙人懷疑為道門奸細的，僅有二位，一是申部主事郭宸，一是合部道主黃天祥，他將這次突襲任務，把黃天祥分在自己這一組，而郭宸則與陳桐一組別，這樣不管他們有沒有事先告知惡界情報，都能確定是哪一位了。

事實上，除了謫仙人與陳桐這兩組會真的突襲惡界之外，其於分組都只是幌子。當然這做做樣子的重要消息，謫仙人是不會告訴寒衣衛的。

所以，他們以為的將計就計，應該是要落空的，而謫仙人想知道的答案，也就明顯呈現出來了。

事後，黃天祥坦承了一切，因為一次行動後中了催命蠱之故，不得不配合惡界行動，如今，他也只能全盤托出，遂將惡界裡外真實佈置，一五一十地透漏給謫仙人與陳桐了，並要求讓他自我了斷。

一番陳述，謫仙人大約明白前後所以，要求黃天祥將功贖罪，並想趁這天賜良機，除滅惡界之眾魔。黃天祥聞後，痛哭流涕，誓願將拚此性命，以贖己罪。

據黃天祥之情報，這幾日內，將因魂執七衍年度召集之故，所有魔將皆需回轉魔殿覆命，屆時惡界之邪鬼山洞，守衛最是薄弱，這是一年僅一次的機會，若能攻下山洞，作為立下各式法陣基地，那麼除滅惡界眾魔，是可以期待的。

同時由黃天祥之說，也道明了寒衣衛眾人之苦衷，遂在一番懇談之下，皆願意為馬前卒贖之前罪愆，以報青華聖人知遇之恩。

這一夜，謫仙人召集精銳與釋門援手，在黃天祥與寒衣衛做為先遣的引導下，慢慢接近了邪鬼山洞，並沿途殺除惡界所有守衛，在確定黃天祥等安全進入之後，謫仙人最後一絲的疑慮終於放下，遂領隊跟著起行進了山洞，此時在惡界之內，已聽聞黃天祥等與守衛爭戰聲息，謫仙人等加緊了腳步，進入惡界，不料竟在這時，意外再生。

惡界內之山洞四圍瞬間泛起了青色幽光，轟轟隆隆之擎天大震之後，地面突出了巨大山壁，高度蓋過天際，謫仙人驚覺大喝，起術式欲阻，已來不及，緊跟在後的苗姜、呼百顏與楊定侯、陳桐並十數位地步暗影，同時被困，而隔離在山壁之外的，卻全部被預先設定好之傳送法陣，分離各地去了。

翠湖太極島

這場戰鬥，是沒指望了，八位星使對上八魔將，中境界對上境界，怎麼說都不會有奇蹟的。

常昊心中設想，與眾兄弟們別道，今天就讓我們赴死命吧。

「我們剛好可以一對一，要來比賽嗎？」

「比什麼，誰的速度快些嗎？」

「咦，不是比誰的速度慢嗎？看誰能折磨久一些。」

「哈哈，你還是老愛這口。」

「無聊啊，總要找些樂子的。」

「那誰要挑誰，猜拳決定嗎？」

「哪那麼麻煩，看順眼的，也就上了，嘿嘿。」

「這位看似帶頭的，交給我好了。」

這些惡魔，是不帶人性的，盡以糟蹋生命為樂，也就是欺負弱小可以，若遇到真正強者，恐怕又是另一番嘴臉。此時每個惡魔已各自選上了道門暗影星使。他們是被山洞裡的法陣傳送到此地的，而這裡是翠湖中央之太極島，不可能有外援的。

幻魔——「余慶」對上欄杆星——「孫子羽」

孫子羽騰飛羽翼直上半空，疾速與此魔拉開距離後，正謹慎應對，見這魔倒像人族，只是頭頂上生了雙犄角，帶一長尾，拿著一個怪異的容器，模樣像盅，裡邊活物蠕動，只見對方似無動作，只是對著他傻笑，這詭異的模樣，令人心驚膽顫，雖然覺得這魔通體都是破綻，但孫子羽不敢欺近，也不主動進攻，就這樣雙方僵持，不一會兒，方覺手腕刺痛，不知何時已被劃上一刀，留下的血正滴進那魔將手中之蠱盅。

這一瞬間，孫子羽已感到體內萬蟲鑽動，森劍若刃，湧入血脈，穿腸破肚，撕心裂肺，隨即一口鮮血噴將出來，顱上七孔流血，身體寸寸暴裂，片片血肉從空中散落了下來，死狀相當悽慘。

「我這『魂亡生蠱』，任你是大羅金仙，只要著我的道，都只能是這般下場，不知你這麼不禁殺，害我這比試輸了。」

血屍——「韓變」對上刀砧星——「常昊」

常昊見此魔形象，就如全身殷紅之僵屍，泛血處蛆蟲蠕動，恐怖且瀰漫著惡臭，常昊自知彼此境界相差甚遠，遂手執「子母合刃」，首發一式「子午離合針」之「探」，瞬發主攻。

隨即化身數道身影，八方遊走，子母合刃一母七子，七柄暗器接連射出，後發先至、迴身反刺、合體進攻，鑽身連刺，招招式式皆為精深，可見常昊這運能指揮暗器的法門修為，程度算是相當驚人的。

只見這韓變一聲冷笑，周間迷霧幻形疊出，轉眼間，四圍環境已變，似乎又是相異之空間，只是此處幻象重重，若非真實，常昊似過一陣暈眩，朦朧間，已見韓變在前，正連發暗器攻來。

常昊心想，原來這魔也善發暗器，同樣也使七把，遂再一式「旋」變，七把子刃打落七處射來之暗器，並舞起母刃，腳踏星遊步，近身欺了過去，眼見即將得手，這魔竟然也持一柄母刃，擋住了常昊這殺招。

這魔武器與我竟是相同，記得子母合刃唯我獨有，乃是道門特賜寶器，常昊疑惑不解，只能再度變招，隨後「探、旋、穿、合、影、迴、盜」七式輪迴不斷，兩人繼續僵持，常昊雖無受傷，但他也傷不了這魔。

第八回

絕境

常昊在與韓變之僵持戰鬥中，漸漸發覺這對手魔將並不頑強，但總是不能傷到對方分毫，更奇怪他的招式，似乎都被對方事先探知，且有如熟悉非常，一清二楚。

「我這道門秘傳之法，魔將不可能知曉啊。」

「小子，我這『鏡現無真領域』好不好玩？你可是遊戲裡最後一個了，呵呵！」

鏡現？原來如此，我是自己對打，著了幻術了，既然如此，當下掙扎已無用，正欲持刀自行抹去，這時身體卻不由自主，即如魁儡，做著鏡內所見毫無意義的行動，這魔極盡羞辱之事，常昊憤恨無奈，然既無能自殺，只能期待惡魔玩膩，死亡快速降臨，讓靈識有機會遁出，順利逃脫拘禁靈魂之魔掌了。

常昊自問這一生，兢兢業業，誠實勤懇，順應天地良心，從無愧對他人，然而這種變態結局，實在是無以言狀之悽慘，更可能在藉體亡滅之後，魂識受制或者永遠失去自我。

雖是自認命運使然，並無一絲對蒼天生怨，但對於自我魂識之執，靈心求存之志，同樣強烈，故執生命最後一絲請求，若得造物憐憫，看他在道門一生勤業之分上，請賜他一個重生機會。

這常昊強烈之意念，究竟迎來了造化系統之回應，在他藉體意識消失之後，不知已沉睡了多久，終於在靈心漸趨清明之時，一陣溫柔的聲音響起。

「您的識核已由造物系統直接接手引渡，不會前往幽冥。」

「您由造物系統選中，將前往試驗的世界——修聆世界重生。」

「已為您尋找到適合轉生之藉體——鬼人種族。」

「已為您設定轉生區域——位於匈奴王國北地之血族部落。」

「請先將您心識放鬆，讓本系統進行引渡化生之前置動作。」

「前置作業開始。」

「安置識核。」

「清除惡魔執息。」

「清除前世記憶。」

「進行修聆世界引渡作業。」

「時間倒數，十、九……一。」

「引渡修聆世界完成。」

「導引識核入胎。」

「靈子入胎完成。」

「系統進入觀察模式，暫時不予靈子回應。」

惡界之內

謫仙人等受困於法陣山壁之內，正不知如何破解，這時由惡界內之山壁出口，已湧入了無數屍人，帶頭雙將，乃魔將首長魈魃——畢德與徐忠，並寒衣衛八人與叛徒黃天祥，在魔將一聲令下，眾屍人紛紛衝殺過來，謫仙人首當其衝，眾人齊聲大喝，祭起隨身兵器武裝，且直接喚出道體真身應戰。

這場混戰，不由章法，完完全全是單純實力上的拚搏，此時謫仙人腦中又是一陣黑白，為何毫無任何警覺？為何如此粗心大意？為何接連上當中計？這都是未來該檢討的事，現在只能爭取活命，才有機會反省這些了。

這土屬性之拘陣，所形成高矗之山壁，團團圍住了道門謫仙人一眾，外不知內，內不明外，彼此不能相援，只能獨力奮戰。十九人單獨面對數萬屍人大軍並十二魔將，怎麼想都是九死一生。

道門這虧吃得大了，且不問原因如何，先觀邪鬼山洞前大戰，有詩為證：

邪鬼拘陣困明光，一時幽戚眾邪張。
賚珠雙龍縱橫起，千幻辟邪盡無端。
葫蘆隱刃何殺形，九紫飛刀斬魔林。
龍神再現青陽勢，坤離凝象轉危殤。
四象御行號靈蟒，七巧神御變化形。
八方啟明玄珠令，五綾波幻神迷心。
九玄溟鏡天王目，幻龍戰神火尖明。
暗影合陣虎峙禁，往來僵持不言今。

肆意十魔震雷瘋。屍人數萬領狂殺。
仙人縱橫難吞吐，觀音千手不能當。
八荒真影無蹤刃，霧影離合刑道身。

定侯勇武臨丘壑，又見群屍潮擁中。
暗影神滅魂歸清，神形地部首劫亡。
廣目御魂喪合陣，溟鳳六臂同遭殃。
魍魎無藏今捨離，陳桐吾惡終亡殤。
道門再失一明首，此番佈戰魔正長。

眼見道門星使逐一倒下，更失了姤無聖使陳桐，敵人瘋狂，永無止盡，謫仙人等，僅得各自應敵，苦無出手之力。

「哈哈，雖有些本事，但也是白費功夫了，今天都好好地在這邊交代了吧！哼，不自量力的傢伙。」

謫仙人不答話，專心思考應對，只能著落破壞陣眼來逃出了。眾人中苗姜最熟悉陣法，所以謫仙人與分散的大家連繫集結，先幫助苗姜仙吏找出陣眼，同時強力催動法器。

謫仙人祭起「善惡無養珠」，二道水火巨龍衝擊而出，所到之處，屍人盡成篩粉。

苗姜之辟邪雙劍與呼百顏之刃影葫蘆，屍人觸之，身缺體殘。

楊定侯之坤離凝象，同樣斬殺屍人無數。

在眾人合力之下，漸漸騰出一些空隙，苗姜仙吏定心引陣，終於在東北角尋得陣眼，示意眾人對陣眼發動猛攻，一時之間，此堅實山壁晃動，似乎正要解除。

「哈哈，都說了，別白費功夫了，真是一群井底之蛙，什麼時代了，還在找陣眼，以為我們不會防備嗎？」

這下被徹底看小了，眾人心中怒氣，難以發洩，但實在未知脫逃手段，只能任其嘲弄。

接著此魔將執起一鏡，補起剛剛受損之陣形。

「嘿嘿，這陰陽八卦鏡，還挺有用的，先前在那廢物手中，真是糟蹋了。」

另一位魔將催動水火雙遁，擋住了無養珠之巨龍。

「這水火遁也不賴，怎麼道門盡是些窩囊？」

謫仙人等一見，知是周紀與余元之遺物，更是憤恨，這惡魔果真喜歡操弄人心。

就在這時，陳桐一縷魂識，於造化系統回收之際，造物依其執願，將所餘識核靈能全數回贈苗姜靈心，這擬似原本兩分之極體，再次重新凝聚，所引發之強能震撼，將四周數十丈屍人，化為一陣空虛，眾人再見苗姜，已是神光凜凜，威能聖足，直上渡劫九階境界。

此時罪魁黃天祥正殺至面前，苗姜恨其背叛，一式「千手辟邪」，斬落身軀千迴，雖已漫天血雨，終究無能洗滌他的罪心。

這時幽冥現出裂痕，一隻鬼爪瞬疾探出，似是抓取一物，直往鬼門關去了。

這讓謫仙人等再次振作，但不一會兒，再次環顧周圍，己方已剩他們四人。眼見對手戰將仍眾，屍人源源不絕，縱使苗姜境界大增，也是已然奮力堅持，何時會有轉機，或者迎來終局，此時或許已無需再思。

第九回

境界

惡界困住謫仙人等的陣法，其實並不是施法佈陣形成，而是一種道器法寶，名叫「山河堅壁參」，所以要打破這高高矗立的石牆，只能將此道器毀壞，才能解除這山河堅壁。

這山河堅壁參是魂執七衍之意婁——妄劫，於一次「天外魔界」遊歷時，意外得到之寶器聖物，這天外魔界其實就是東、北海內之「冥谷荒域」。

妄劫憑藉其大羅金仙境界與不世根基，多次前往荒域探秘，但幾次下來，並沒能遇到荒域裡任何文明種族，只是一群稀奇古怪的魔物，然而每個魔物之個體都大得驚人，甚至飛蟲也是。這山河堅壁參，就是從一隻洪荒怪獸的識核轉化出來的。

時間一分一秒經過，這堅壁裡面的殺伐聲仍無間斷。

這陣時間的堅持，實在也多虧了謫仙人對菲菲的念想，要不是想拚著回到菲菲身旁，恐怕在這麼多的魔眾之下，早已撐持不住了，就在接近絕望這一瞬間，一道金色虹光，不捨地繞著謫仙人的身形數圈後，便往謫仙人口中飛進去。

此時一片翡翠虹光籠罩，外界的一切，似乎皆成了暫止。

只見菲菲熟悉的身影，依偎在身旁，感覺上成熟了許多，不僅溫柔可愛，而且美麗絕倫。

「仙仙，我來了，我要你好好活著。」

「菲菲，妳……怎麼來了？」

「菲菲想跟仙仙說說心裡話，菲菲心中從來只住著仙仙，只想跟仙仙永遠在一起。」

「……？」

「讓我……趁這最後機會，好好地看看你，跟你說說話。」

「……？」

「我的仙仙真是好看，菲菲真是喜歡，若能有來世，誠願與你做一對真實夫妻。」

「……？」

接著一副稚嫩雙唇貼了上來，一股極其濃郁之木香頓時塞滿了嘴，似有一粒丹狀物逼他嚥了下去。

如心印巧妝，我當一模樣。
來去皆歡喜，願汝做情郎。

謫仙人早已明就理，在他心中，菲菲是他的摯愛，千年來不曾改變，總會偷偷觀察著她，喜歡她的天真，更喜歡她的幼稚，在靈谷的日子，正是有她，才讓他的人生充滿了希望，這時他已確知，將要永遠失去她了。

「菲菲心甘情願，菲菲不想看到仙仙這樣子，我喜歡你的自信模樣，別這樣哭哭了，菲菲心疼的。」

謫仙人心知肚明，菲菲元神丹化出，已不可能再回來，說什麼來世夫妻，說什麼還有機會，都是虛妄的，根本不可能。一股悔恨，終於壓抑不住，湧上了心頭，什麼九幽智者，就是個屁！枉費祖師栽培信任，卻在北地第一關卡，就搞得全軍覆滅，還連帶我的菲菲，都得為我捨命。

陣陣內心劇痛湧上，謫仙人道體數次幻化，呈現極端不穩狀態，道體真身瞬間消失，一切回歸靈心識核，藉體寸寸瓦解，在周圍漸漸形成了血繭，一層一層包覆，將謫仙人之元神，緊緊護住。

這一片刻間，謫仙人藉體於血繭內，數次重聚身型，數次毀壞再造，一直處於血繭護身極限與意識自毀的情況，在這狂亂的意識中，「悔恨過去，不如期待將來。」不停歇地在心中迴盪著，終於在來自本靈的理智勸告下，謫仙人逐漸清醒了過來。

是的，道門職責未竟，我還不能放棄，至少這場戰，不能讓菲菲的用心破碎了。此時菲菲，身形已緩緩飄散，面上的燦笑依然，彷彿就是當初啃著胡蘿蔔的模樣。

時間繼續流動著，這一段告別，只是短暫的一瞬間，眾魔將只見這血繭，由躁動至沉靜而後金光綻放，絕地迸裂。

此時再見雙重身影，金剛刑天，修羅鬼面，兩雙金眼，全泛血淚，散發的氣息，一個冷冽驚人，一個熾焰焚身，一齊仰天哭嘯，聲聲不絕，這氣勢直破天際，震撼眾魔，不少屍人瞬間離魂倒地，只這一嘯聲，震得山河堅壁搖搖欲墜，眾魔將心驚膽寒。

魔將畢德一聲輕蔑，竟不知謫仙人此時境界，正要出口嘲笑，沒想到九蛇修羅瞬間已至眼前，在蛇目瞪視之下，畢德身軀漸漸石化，雄偉四臂之魁魃身軀，轉瞬間已成齎粉。

魔將徐忠本欲突擊，見狀更心生膽怯，一回頭，刑天之劍早已貫身，一揮之下，屍骸散落遍地。這瞬間發生之場面，已讓皇城那八人，各個驚破膽魂，竟連逃跑的力量也不復存，在謫仙人怒吼聲中，一一贖罪去了。

此時見幽冥裂光，數支鬼爪一致探出，抓取數物後又消失不見。

剩餘這數萬屍人，在謫仙人等面前，已不成障礙，在驅逐所有屍人過後，發現了山河堅壁參這寶器，隨手回收後，僅餘之道門四人遁回了觀學方域。

回到方域，眾人見謫仙人這形狀氣勢，雖不知所以，也不敢貿然接近，因為這時，他實在比剛剛那些還要恐怖，還要危險。

這謫仙人境界，因菲菲這造化道丹之故，已躍升至真仙境界，眾魔將僅是上境界之化真，實力上已可說是遠遠不及，苗姜與楊定侯、呼百顏等，這回算是撿回一條命了，後來知道，那位可愛的菲菲已犧牲，這縱使如苗姜等光明聖使，也不禁為此情狀悲切。

「山河堅壁參」之困劫，終於是破了，只是代價，卻是無從挽回。

楊定侯、苗姜與呼百顏等身負重傷，但天幸無大礙，在前番險境下，能得到這樣的結果，對於道門而言，其實已算是必要付出的最低代價了。

「要不是菲菲，恐怕我們都已經……」苗姜心痛地說道。

這場僥倖贏了，沒有人感到歡喜，只有沉重與悲傷。只見謫仙人似乎失了魂般，簡單地與大夥示意後，消失不見了。

「仙人，唉……請務必振作。」這句話終究沒來得及說出口，苗姜知道菲菲對於謫仙人的意義，坦白說，很擔心他就此想不開。

「師父不用擔心，仙長沒那麼脆弱。」

「嗯，就讓他獨自靜一靜。」

「嗚……這麼可愛的孩子，抱歉……我忍不住。」

這時，遠在龍宮之玄明，終於得知整個情狀，之前謫仙人等被困，都因任何救援都無濟於事的理由下，龍吉公主選擇了隱瞞，以避免他做出不理智的行動。

第十回

希望

玄明眼中噙淚，哀戚悲切，向著觀學方域望去，天空上一整片紅霞，沾染了層層血腥，直接倒映江河無情面上，顯得處處殷紅淒涼，或許，玄明他只是不願表現出來而已。

玄明選擇獨自一人，回到了觀學方域。

見了苗姜眾門人後，心中主意打定，此番不著依賴，定要將惡界恩怨做一次圓滿解決，他在龍宮已悟得「七星寶讖」之真用，他將不再只是專職守護。

關於悟空，早知他必趁機逃離，遂吩咐善才，協助施行緊箍咒語，這不論那潑猴在何處，皆能把他叫回來。

「眼下妬無聖使十二位，加上苗姜、呼百顏，以及釋門十大助力，加上楊定侯與悟空配合，我這攻克惡界計畫，應該就可以進行了，如果掌櫃能收拾心情，那更是無缺了。」

「聖使，道人認為這計畫，太過凶險，萬一……萬一有個不測……我想還是從長計議吧。」

「這活兒得讓在下來，畢竟我的羸弱，在大部分條件下，可以是無敵的。」

「聖使以身犯險，並不明智啊！」

「道門剛經歷了這番，我們可不願再看到犧牲。」

「不如等候謫仙人歸來，再做計較？」

眾人皆勸阻著玄明這計畫，但玄明意志堅定，並被迫展現了他真正的實力後，方才讓大家有了一搏之信心。

謫仙人獨自一人佇立翠湖深處，兩行誅心血淚，不隨控制地涔涔滴下，大悲本無聲，放棄此生的念頭，的確已在他心頭來過無數次。

「靈谷智者，九幽謫仙。」這場山河堅壁之戰，讓這個虛名已成了過去。眾人慶幸九死一生，逃過一劫，然而對於謫仙人來說，只遺留下這遙望遠方的孤獨背影。

人生至酒未嘗盡

緣客忡忡早離席

生無歡，悲何殤。
千年既相聚，奈何道中殃。
此心赴死猶為憐，問情已亡待何年。
恨我獨孤悔，難為仙人復。
道業明兮義不彰，慕志絕兮竟無端。
一生無執惟此殤，不若重頭更一番。

秋風詞

謫仙人拿起一支胡蘿蔔，念念叨叨了起來：

「這是妳最愛的口糧，我一直沒跟妳說，其實不過就只是個胡蘿蔔。」

「每次看妳啃得那麼幸福，笑咪咪的，我就特別歡喜，這舉世間的景色，哪能有妳好看？」

「妳老是問東問西，一副不懂世事模樣，天真幼稚的臉龐，只會叫人關愛憐惜，有再多的煩惱，也讓我瞬間忘得乾淨。」

「還有妳那不清晰又容易走音的口條……知道嗎？我老是被妳這口音逗樂了。」

「想起妳魅惑銅虎模樣，我還是忍不住要笑出來，妳……不會怪我吧？」

「七重寶塔中的寶物，本來就都是妳的，以後想拿多少就拿多少……早知道，我就多陪妳逛逛。」

「我還知道，妳常去密室竹林數階梯，還想把青紅玉挖起來，現在……還想要嗎……？我這就陪妳去挖。」

「看到妳覺醒成幽仙的樣子，我真的被妳迷住了，妳說好不好看，我故意無視，其實那莊嚴模樣，讓我心理上不敢冒犯，不敢正視妳的。」

「只要看著妳在我身邊，我就特別幸福，所以我早就決定不回天外了。」

「最後妳那稚嫩雙唇貼了上來，又要叫我痛苦上千年了。」

「現在妳我合而為一，我就當作妳一直都會在，妳說這樣……好嗎？要記得與我說說話啊，就算是夢中……也行……」

一聲清嘯，代替了滿腔悲傷，謫仙人眼淚止不住，雙手刨開了眼前土，將胡蘿蔔埋了進去，瞬間一股甘甜湧上，狂嘔了數升血，暈了過去。

「仙仙呦，你看這湖好大啊，我們下去游一游如何？」

「好喔，妳想去哪，我都陪妳。」

「我的口糧，幫我拿著，以後，我應該用不著了。」

「我們像金豹子他們一樣，也生小孩玩玩好嗎？」

「聖域逛完，是不是還要去找麒麟？菲菲好期待呦！」

「別哭了，菲菲在這呢。」

一陣驚雷，狂雨大作，謫仙人悠悠醒來，一覺是夢，一心絕望，大叫一聲，又是昏死了過去。

盛緣千百歲，相知不棄。

靈谷同伴時相守，九幽界中話仙侶，何為道境。

問死終有別，我心不棄。

魂識未歸藉體身，如今無能語常春，何為修真。

謫仙人知道菲菲復生已無望，遂抑鬱失志，不能振作，直到造物天雷再震而驚醒，似乎帶來了一股生機，這或許僅是個夢，也或許是造化之真。

這一天，孫行者在這極寒凍之北地，找了一地溫泉處，正悠閒地泡著澡，頭上金箍還在呢，這猴煩惱了好久，也拿不下金箍，索性就跑到這邊泡溫泉了。

煙雲裊裊，仙人舞歌，且觀霜雪凌飛劍，
素靈綻放丘下白，恰似凡間幽魂色。
風聲戾戾，俠骨留蹤，疊疊金銀山河掩，
萬千驚骸越沙行，唯見廣寒凍山間。
踏莎行

這猴泡著舒服，遂睜開了火眼，舉目四望，遠遠瞧見這番景色，一堆白骨砌成牆洞，幽幽然邪氣外散，也不探聽虛實，只是甚覺不順眼，就要上門尋釁。

正要行動之時，腦海中聽到善才呼喚聲，跟他說師父要他回去幫忙，否則她只好……

「哼，笑死人了，他怎樣關老孫何事，老孫如今逍遙自在，幹嘛回去？」

「孫師兄，你若不回來幫忙，想想你頭上的金箍喔！」

「俺頭上金箍，帶著好看得很，我沒想要拿下來，哈哈！」

「小靈的意思，不是那個，是你再不回來，師父就要念緊箍咒囉！」

「他在那遙遠的地方唸，有何屁用？我就不信他的寶識功力能傳這麼遠，就請他唸給我看看唄，俺老孫脾氣，就是只相信我見到的事實，哈哈哈……」

這猴笑聲未完，頭上金箍已漸漸縮緊，熟悉的感覺一下子全上來了，這潑猴雖滿腦不解，也只能先求師父停止唸咒，不料善才竟說師父也只相信事實，要他出現在面前後，才肯停止唸咒，這可把他急得六神無主、七竅生煙，只好連忙喚出觔斗雲，一路上吱吱怪叫地，飛奔回觀學方域了。

這猴連滾帶爬地奔向大廳，哀求著玄明別再唸了，瞬間這咒聲一停，這猴環顧四周，大夥都在呢，訕訕地走到一邊，埋怨著師父這麼不體貼，也不留個面子，硬是讓他出醜了。

眾人早習慣了，遂不以為意，接續剛剛討論的話題，竟若沒事一般。

這些話題，在觀學方域公開地討論，這讓苗姜與其他聖使們感到異常而不解。以聖使做誘餌，將魔將引出惡界，再用山河堅壁圍困撲滅，只要眾魔將死絕，魂執七衍必定動手，依此計畫，就不用特別費心攻入惡界。重點在於誘餌是不是真能讓這些惡魔動心，而且若是一次傾巢而出，是不是我方反而遭致危險，畢竟魂執七衍，各個皆是大羅金仙。

依前番道門所經歷，就是因為背叛與細作，導致仙人佈局失利，就如首回永凍河之佈陣方式，也是叛徒黃天祥提供了錯誤情報導致，而於後來之山河堅壁損傷慘重，更是因為誤信叛徒之故，所以，玄明豈能不對此稍做防備？

第十一回

誘敵

「悟空，我想你需要個趁手兵器，在翠湖龍宮內，或許能有與你相緣的，等等你與我走一遭，師父幫你借來。」

玄明在龍宮之時，曾見過那定海聖物，稱為「如意定玄針」，此定玄針為上古造化寶器，早有靈識，必有認主之願，玄明曾與之交流，大約明白它的來歷。

緣自世界肇始，為明道聖使再造物種孕生環境之時，特別用來挖掘深海、建置高山並衡量深淺高低之用，在完成變造原始環境之後，見其已自生器靈，知其依緣造化，故隨手置入此翠湖之中，至今已歷數千年。

此因造物大力之造作，雖是隨手一放，卻制住了定玄針本身變化之能，使得這定玄針數千年來不能自主，一直被困縛在龍宮前這湖底深溝之內。龍宮之人雖知它的處境如此，但也無人能夠撼動這根巨大的定玄針，更不用說要將它從湖底深溝拔出來了。

這玄明一見，自然聯想起悟空之天縱蠻力，或許它與悟空正是相應之造化機緣。

這猴一聽，積極得很，能有什麼讓他覺得夠份量，實在令他充滿了好奇。

曲其真祖

玄明令善才復還「紫金缽盂」真身與悟空乘雲而至，立於邪鬼山洞之外，自顧自地，排陣坐下，對著惡界，運起了七星寶識之功。

在惡界尚未反應之時，周遭同時湧來了一群不知名之魔物。似乎極喜歡玄明之寶識音振，而群集列隊著在遠處品味陶醉著。

這是一種通體透明如果凍的神祕魔物，只出現在永凍河畔，尤其是集中於邪鬼山洞這附近區域，其體色與冰凍之藍近似，沒有特別注意，很難發現他們的存在，因為個體極小，如同指頭一般。

仔細一看，形狀如同水滴，中間有一顆大眼，識核中心處閃閃發著亮光，沒有四肢，沒有其他，移動方式可以跳躍，可以滾動，或者左扭右拐地前進，奇怪的是，沒有嘴，但能發出咿咿呀呀的聲音。

這族群，稱為曲其。它們天生特有的萬物吞噬能力，即如魔素道能之類，不論其形態轉變若何，皆能吞噬，這自然包含玄明七星寶識所行造化之功。
　它們即將帶來一個始料不及的嚴重變數。

洞外之戰

　一聲聲針對惡界的寶識音振，早逼得洞內守衛魔將煩惱暴躁，頭痛欲裂，只是一直未得出戰命令，只好強自忍耐。
　這是玄明早設想到之結果，畢竟他將這誘敵捕殺計畫，大方公開之後，這惡界是必然不敢輕舉妄動的，而這時間越是拖延，對於他的計畫就越有利，因為，他現在所用的，正是七星寶識中專有的復能之功，隨著時間越久，便會越發強大，這與八門金鎖陣有異曲同工之妙。
　此法不僅削弱魔將之能，更增自身之功，更透過紫金缽盂之造化，只要讓他連誦十日以上，則魂執七衍諸大羅金仙，也不是玄明之對手。

根據玄明交代，在惡界出戰之前，苗姜等一概眾人，盡皆於戰鬥圈外待命，只要「山河堅壁參」立起，就是代表已開戰，之後大家再行動，其間不用擔心他的安危，有悟空在，必無人進得了他的周身。

惡界之中，在七星寶識的威能之下，已讓其內數千屍人離魂化身，藉身呈現嚴重不足，而且離魂者還不斷迅速地增加之中，而諸位魔將，則早到達忍耐界線，雖是魔尊未有指示，也已按捺不住，準備進襲。

這魂執七衍六位魔尊，一直沒下出擊命令的理由，完全是因為他們六人早已在玄明周遭觀察，早忘了惡界之事，這本是魂執七衍的個性，一旦發現有興趣的玩物，其他什麼的都會自動無視。

玄明這七星寶識之功，是他們所未曾見識過的，根據他們仔細觀察數日所得的結論，這寶識之音振，雖是厲害無匹，但對於他們可造成不了威脅，雖是讓他們失了興致，但總是得拔掉這麻煩的，因此其中執傲——王虎與識惰——典通，留下來負責剷除這煩死人的道門聖使。

這一刻，出擊命令已下，三十四眾魔將蜂湧而出，直接把玄明與悟空包圍起來。

玄明一見目的已成，催動了山河堅壁參，由此山河堅壁內之道魔大戰，於是急速展開。

道門這一方，包含釋門儸大護法十位之救援，加上明相姤無聖使等，總計二十五眾，加上玄明悟空，也不及魔將之數。更兼境界上與魔將皆有差距，而且最重要的，這些魔將的威勢能力，似乎並沒有明顯的下降，只是平添出的殺氣，倒是熱鬧騰騰，所以這優劣之勢，一見還是顯然明白的。

這釋門十衛願意捨身相助，其義氣與願力，自是令人佩服。而道門眾人赴死之勇氣，同樣令人嘉尚，只是玄明做此籌謀計畫，似乎未竟成功，並不全如他所預料般，這樣情狀，是否意味著道門又將接來另一番嚴厲的摧折與毀傷？

這意料之外的，是寶讖強能被曲其吞噬之故，這是後來才發覺到的問題，十全十美之佈計，竟在小小魔物干擾下出現了不可預知的變數，這只能說是造化弄人了，至於誰是得利的一方，那可還不一定。

玄明隨著預計之事出了變化，只好展開第二計畫之應對，這是他事先準備好的秘密方案，就是預防這情況發生的，其實玄明大可直接用這方案，只因其特極良善之本質，不肯遽下殺招之故，因為此招一出，必無挽回。

寶識殺敵。八荒噬盡。
不僅滅體。更是奪魂。

第十二回
雙殺

山河堅壁之內，一場混戰正興，道門原本相較勢弱，此刻已然明現危機。

正在玄明考量施用寶讖殺招之時，釋門十位護法同時做出了令人驚怖的舉動，原本與姤無聖使聯招抗敵，竟直接返身對道門聖使痛下殺招，這使得十位姤無聖使，同時嚴重受創，各個鮮血翻湧，真身盡散，一時之間再也不能爭鬥，僅有丁策、陳坎因與苗姜、呼百顏、楊定侯同在一處，故未遭毒手。

這一下情勢再增嚴厲，道門眾人雖是憤怒釋門之反叛，也已經無能為力再為扭轉。

這釋門儸大護法十衛，由長老聞傑領軍，皆為渡劫境界，苗姜仙吏前往求援之時，只知他們與惡界有所淵源，聽聞道門之意，皆樂意相助，不知竟是徹底的反叛奸細。

二位魔尊桀桀怪笑，嘲弄著玄明，把自己關進老虎圈裡了，不知道自己這樣，剛好是準備餵猛獸的嗎？

眼見這種必死形勢，道門眾人無奈地望向玄明，是告知已然盡力，天意如此，我們只好慷慨認命，這時，眾魔將已不耐煩，祭起手中諸多法寶，想一舉殲滅，好出出這幾日之惡氣。於是一陣陣幽光亂顫，勢盡水火，朝著玄明一眾撲了過來。

就在這眾人危急瞬間，一聲寶識巨振，盡掩眾殺招之輝光，門人所在之地，處處地湧金蓮，將眾門人緊實包覆，而後金鳴之聲大作，不僅迴盪山河堅壁，更兼噬心入骨，摧人靈識，眾魔將與儸大十衛，受這陣無盡玄音滅形，各個掩耳護目，落地翻騰，此時二位魔尊同時驚懾，雖是大羅金仙境界，也被這陣玄音，逼得靈心震盪，幾乎搖出藉身之外。

不過片刻，眾魔將已七竅皆血，不由自主。

多的是——自殘身軀，吞噬血肉，互相啃食，千刀殺刑。

慘的是——藉體碎裂，靈識不滅，寸寸厲厲，受苦無盡。

這一片哀嚎聲中，久久不絕，即如滿地已成煉獄，猶未知停歇，此時再見玄明，雙眼厲光正盛，哪是從前模樣，恰似地藏閻王。

雙魔尊此時亦難忍耐，終究遁出藉身，以逃魂識，沒想到這玄音不僅壞身，更壞魂體，二魔連逃遁之靈能皆被噬奪殆盡，終於一念不甘，永墮於無間之獄。

寶識今應功。七星為道宗。

若觀殺式現。煉獄地藏中。

論強者定律

噬弱敵強，執心引道，是眾靈之無端，為魂識之實求，乃知其為之欲，盡在於我之盛強。

強者之道，唯德夷心，力能必及，乃稱其尊，其為律者，制義，是為世道。弱者無徑，問執於心，徬徨無主，自我勸失，其為濟者，失怙，乃為成權。是明盛強之義，道德而已，能為道行，乃應其德，是得正義。

且知履正無敵，何成凶吝，乃識弱執強也，萬章不復，因果締結，何必為辛苦，當捨知捨，應施不避，則其道也，自亨，則其德也，自強，是能為道德矣。

玄明之強，早成道德，是靈心善弱，乃遭外敵之譏，既於果殺，自成眾心服膺，而外敵亦不敢輕為也。此即十七天外玄生聖使刻意之造作，他知此元識心地純善，必不能為大任，非將此心志修整不可，故青華聖人特派早知成叛之寒衣衛，故玄生禁止其餘聖使參與惡界，全因於此。

藉由環境之壓迫，終究突破玄明心中之坎，由菲菲之亡逝、謫仙人之志頹，乃至眾門人之失命，實盡在道門不為盛強之故，若玄明一初始即正現無邊大力，則諸魔將僅如跳樑小丑，又有何能為哉？又如釋門之暗箭，當即時自止矣。

是知強者制義，弱者唯循，欲成大事者，執弱無用，唯依道德。

人皆慨歎者，世上無公義也，此不知正義之存，僅係乎盛強，不得此而言公，是猶非想執妄，此道甚明，惟執善者所不聽爾，是言，強者世界，沒有悲傷，惟存永恆之救贖。

乾坤持正義。天地履自心。

盛強為大道。明德震古今。

經過這一番，這玄明所帶領的道門，未來發展將截然不同，縱使惡界尚未完功，也僅在玄明一念之間爾。

惡界所餘四魔尊，探知玄明手段，自知一己必難敵，又不肯與其他三人共謀，復見能為驅使之三十六將已盡亡，對於惡界也無留戀，故各自放棄這基業，四處飄零去了，其中七衍罪之首執得——竇榮獨自回轉惡魔界去了，這預示著，執得這原初之黑必將乘時再起。

此後玄明帶領道門眾人一掃惡界陰霾，並由苗姜、呼百顏全權代理，將惡界立成道門總部。

在七星寶讖加持之下，這惡界天空同時落下了一陣陣帶著金色光輝的細雨，這雨沾身不濕，卻令人覺得清爽無比，同時整個地面泛起綠色輕霧，在金色雨露之下，輕霧漸漸散去，惡界大地似乎變換了嶄新樣貌，處處生機煥發，春意精彩盎然，與這同時由中央地面湧入了大量的——曲其，熱鬧地擠成一團，這是道門與之合作共存的開始。

自此曲其族群成為道門荒城總部之最佳守護，道門於此惡界之各項建設，曲其族群因其萬物皆可吞噬的特性，發揮了甚大的作用，可說迅速地幫助道門立成此業。

後來根據道門總部規劃，將亡魂惡界更名為「觀霞嶺」，以做進一步。

觀者，入世臨觀，履正行義，乃成道之大政。

霞者，經世之采，承業證功，乃晉德之行衍。

由此為道門眾人如心之所依，而為參行之律準。

第十三回
華貞

十四歲那一年，華貞為了追上那一位，實現變強的願望，告別了仙吏苗姜，離開觀學方域，獨自一人前往冒險者公會，準備開始冒險者之旅程。

冒險者公會，在這荒城聖域裡，大都集中在萬里長城遺跡內側之大草原，這裡接近翠湖，隔著長城外之幻離草原，南下是往鬱松林，東邊可以看到遠方翠湖上的太極島，這裡算是冒險者往來最尋常的路段，所以公會固定的辦事處都設在這區域之城市。

十四歲的華貞，要獨自越過這長達百里之荒涼路程，算是苗姜仙吏給她的考驗，當然，苗姜在不能放心下，隨後一路上的觀察保護，華貞自然是沒有察覺的。

這裡是積勇城，華貞初到十字星公會，被一堆冷水澆得很不是滋味。

「才十四歲啊，個子又小又瘦弱，能做什麼？」

「哈，去了遺跡只能餵魔物吧！」

「要幫我提行李，妳跟得上我們的速度嗎？」

「妳會弓箭？只是初級啊，抱歉我們並不需要。」

「這世界本來就弱肉強食，沒有實力，還是別妄想了。」

「嘿嘿，這小妮子長得可以，若願意當我的寶貝，俺可以好好考慮。」

「相信我，這是為妳好，冒險者不是妳想像的那樣。」

但華貞有她自己的堅持，見沒人願意收留，主動提出了幫忙打雜，只要能夠留在公會，就有機會，就這樣一方面學習各項必要知識與技能，一方面也勤練苗姜仙吏所傳的道門功法。

苗姜傳給華貞的道門功法，是太玄道經第一階段體系六御之太玄論德經，她最熟悉的是第三境界引能法之「穿雲十八式」掌法，這是專練六識之眼，屬於修真入道的根本基礎。

華貞在日日堅持下，兩年過去，終於有了機會能跟著冒險團出外探險。

團長——「苗嘯」，厲獅血誓種，護盾。

團員——「吳鶚」，山虎匿形種，鬥殺。

團員——「龍君」，玄龜一族女娥，輔術。

團員——「金驤」，魂豹迅疾種，探偵。

他們是「秋風之旅戰團」，一行四人，都已是高階職業，這次受了委託要去一個隱藏在廣寒湖下方的冰城遺跡，這遺跡出現好幾年了，他們是要去幫忙把物資寶器帶回來，一路上不會有什麼危險，但就是缺少人手，所以問了華貞意願，她猶豫思索了一會，答應了下來。

華貞實力雖然低微，但在勤練穿雲十八式後，她的眼力早非同凡響，實力上也大有增進，但這些外人自是不知，便隨意地要她在隊伍後面當個弓手。

華貞初見這位委託者時，讓她有種怪異不協調的感覺，就好像兩種不一致的畫面硬疊在一起所造成的那種違和感，正奇怪團長們怎麼都沒有發覺。

而且根據她在公會裡兩年來的經驗，絕少遇到這方面的委託，主要是寶器類太誘人，每人都應該避免暴露張揚，以免招來忌妒搶奪的，由於人性這種私心強慾作祟，在冒險團隊中殺人滅口搶人寶物的狀況，她可是經常聽到，所以一直認為這委託很奇怪，但既然有機會出去見識，總是不能放過。

再以這戰團每人的職業推斷，必然都是經驗豐富之輩，哪可能沒想到這些，應該是她見識太淺庸人自擾，而且這秋風之旅是公會常見戰團，彼此間也相當熟識，所以想著想著也就沒那麼在意了。

華貞一路上謹守分際，穩穩當當，也不多言語，初次外出世界探險，只當作遊歷風景，秋風之旅先由蒙古這荒城遺跡，轉往邪鬼山洞，再循著永凍河一路往北，途經華貞成長最深記憶的觀學方域，進入疾風原，最後來到了廣寒湖，沿途沒見到多少人，到處一片自然景象，果然真是荒城。

這旅程經歷了一個多月，才到達目的地，這廣寒湖長年冰凍，環境異常嚴寒，華貞將僅有的皮外套拉扯地緊緊的。

「小姑娘，這邊氣候就是這樣，忍耐些，這邊一條狐尾圍巾，給妳保暖。」

「謝謝團長。」

這秋風之旅四人，一路上都特別照顧著華貞，對於本來就沒有什麼朋友的她，這旅程中心裡感受到的溫暖，也讓她漸漸放下一直以來維持的心防了。

「老大，只要將那裡面的東西拿回去給她，就會給我們那個？」

「嗯，是這樣沒錯。」

「這活兒會不會太容易了？」

「呵呵，她說的那地方，老實說也沒有多少人知道，所以找個識途的，算說得過去，要到那裡，一個人確實也挺難，為何落在那邊，是因為本來就是先藏在那，但要回程去拿時遇到魔物襲擊而滅團，她算是僥倖逃回來的，這部分也沒問題……」

「所以，是我想太多嗎？」

「哼，以為披了人皮我們就看不出來，我只是將計就計。一來她的確有那東西，二來要用那東西，來這取藥引最是方便，三來就算裡面安排了殺手，呵呵，想殺我們四『魈魔』，也得要稱稱斤兩，我們四人行走江湖到現在，靠的可不只是運氣而已，而且這陣子我一直很想確定，當時裡頭那兩個是不是真的死透了。」

華貞只覺凍得很，不知團長他們聊些什麼，雖然很想參與，但也不好意思就靠過去，只是看見大家神情愉悅自信，也讓她感覺甚是安心。

進入冰城遺跡後，處處讓華貞開了眼界，沒想到這冰湖底下，竟是這樣美麗的景象，這遺跡如同地下宮殿，一整排宏偉之巨大圓柱接連撐持下，一條筆直漫長的地道，不知通向了何方，兩旁冰壁上，整齊排列了宛如星空的螢光，這處處水晶琉璃一般，伴著螢火照耀輝映，隱約的神祕七彩，只能說夢幻而艷麗。

「小姑娘，第一次進來遺跡吧，這遺跡可不能單看這些美麗表象，所有能吸引人的事物，都很危險，可千萬小心注意了。」

一行人循著地道，一路前進，華貞倒是不見有什麼厲害魔物，只是零星的小邪怪而已，團長他們輕易地就打發了，來到一處，團長停了下來，向華貞望了一眼。

「這邊就是委託人說的隱藏宮殿入口，東西就在裡邊，小姑娘，裡面魔物很強，妳進去後留在宮殿外別進去，那邊不會有魔物的。」

這暗門進去後，只有一條小小的通道，後面連結著一處水晶宮殿建築，到了宮殿外圍卻不再是冰層，而是鐘乳石形成的洞窟，這洞窟上面爬滿了異樣的螢草，雖是地下內側洞穴，但仍然明亮清晰，團長就是要華貞在這等候。

這宮殿門一觸碰，自動往兩側移動，這可讓華貞感到新奇，他們進去後，這門隨即又自動闔上，真不知道是用了什麼法術還是機關。

「呵呵，就你一個嗎？」

「嗯……我一個，不夠你們享用嗎？」

四人眼前這位淫聲蕩漾，衣著輕薄，縱使稱得上是嫵媚動人，但在這冰城遺跡內，自是詭異得緊，人人都不自覺地警惕萬分。

這苗嘯大喝一聲：「魔物也就這般德性，大家一起上！」

四魈魔各自動作，默契十足，苗嘯護陣嚴防，身邊泛起虎形金陣，輝光耀目，龍君啟術強化，銀匹之下，數道鎖鏈凌空化出，吳鶵銀槍狠辣，破日穿雲不識名，金驥玄索勾魂，無方遁逃何匿蹤。

「喲，別這般著急啊，人家才剛準備好啊！」

這魔說話之間，一道疾光已迅速地從這人身上向外面蔓延開來，一直透過門外，華貞正覺怪異，瞬間地面崩塌，整座宮殿包含在外面的華貞，皆受波及，直接往冰城遺跡下層迅速落下。

「哼，送你們一群混蛋到那邊，這一輩子就別想回來了！」

這掉落速度極快，幸好落在斜坡之上，宮殿過大懸空卡住了，華貞一行人則一直往下滑了好一會兒才停止。

團長苗嘯憤怒地大叫：「哼，真他奶奶的，沒想到被這魔物擺了一道，若讓我再見到，定要他死無葬身之地！」

華貞聽到一向和善的團長這麼說，心中很是驚訝。

龍君宛如是另一個模樣：「大家仔細點，那賤人刻意把我們丟到這，肯定有理由的，早知道就先下手了。」

吳鶺圓睜雙眼怒道：「要從剛剛那斜坡上去，是不可能了，看來只能往前走，真他媽的晦氣！」說完竟直盯著華貞，好像都是她造成的一般。

金驤陰惻惻地指使華貞：「也不曉得這是第幾層，這旁邊的雕像陌生得很啊，小妮子，該換妳走前面探路了。」

華貞見這般情狀，心裡一時反應不過來，或許真是自己不小心害了大家的，戰戰兢兢地走到大家前面，先幫大家探路了。

走在這底部深處，沒想到比上方更加的明亮，看這條筆直通道，似乎又是通往著地底的某處宮殿一般。與上面明顯不同的，是在這走道兩旁有無數的魔像雕刻，個個姿態蠢蠢欲動，情狀栩栩如生，加上撲面而來的陰風不停歇地吹拂，與不時出現的鬼泣聲相互迴盪，讓華貞心裡，升起了從來沒有過的無助與恐懼。

第十四回 重生

十五年前凜冬正冽，萬物止息，這荒原之上本就嚴寒，深夜來更是冷峻，一整片幻離草原，已不見生物行動痕跡，苗姜一戰，雖勝作惡蛟龍，取下元神珠，卻也傷勢嚴重，在短暫行功止住傷勢後，正想盡快回轉山莊醫治，卻隱約聽見嬰兒的哭叫聲，苗姜心中詫異，這種天氣，若是嬰兒，不消片刻必已凍死，怎能哭叫，又是在這一片荒涼無際的草原中？

忍著傷勢尋聲追去，是從草原常見地獸洞中傳出，幸好聲音不遠，此洞不深，遂伸手一探，沒探著，便試著呼喚，幾番嘗試，一隻小赤鵬，靜瑟瑟地，在洞口小心翼翼地望著。

苗姜一見，知道哭聲來自於人族，便向這小赤鵬表明可以救助他們，赤鵬雖小，似懂其意，轉回洞中將嬰兒叼了出來。

苗姜順道帶回他倆，從此讓他們在觀學方域住了下來，小嬰兒為女孩，苗姜將她取名為「華貞」，至於赤鵬雖未能言語，但苗姜明白他想自己取名，故由他自主，等他長大後自然知道。至於為什麼與華貞在一起，也得等赤鵬長大後再詢問了。

兩人在一起如同兄妹，更像情侶，少一刻也不願分開。

後來赤鵬實力漸長，去了積勇城加入了冒險戰隊，華貞一直嚮往這赤鵬，也就跟著走上相同道路了。

在這詭異令人害怕的地下通道，兩旁塑像，似乎隨時都要活過來般，華貞獨自於前方探路，後面不時傳來戰團四人的怒罵聲與催促聲，華貞強忍著淚水，小小身子，顫抖地一步一步往前，終於來到一處地下宮殿入口，這大門看起來十分高大厚重，兩旁站立的守門神像，從底下望上去，竟見不著雕像完整的臉面。

「這雕像至少有五丈高吧。」

「這款大門，俺真是從未見過，看這氣勢，說不定裡面藏著寶物呢。」

「可不知能不能開這大門，看起來很沉重啊。」

這苗嘯伸手剛一碰觸嘗試，沒想到這門就自動打開了，隨著一道道火光接連升起，直達宮殿內部深處，王座上斜坐著一尊雕像，右手撐著頤下，兩眼瞪向前方，前面地上八個方位，各自擺上了一件件發著異樣彩光的兵器，這些兵器上皆篆刻異文雕琢精美，各個珍貴稀有，高貴華麗，且通體懸浮半空之樣貌，著實令人驚奇，這些兵器後面，則各自立著一尊雕像，拿著與其前方相同之武器，作勢殺敵之情態，栩栩如生。

這苗嘯見狀暗喜，謹慎地在四周巡了一回，確定無魔物機關存在後，興奮地說道：「這裡肯定是隱藏寶物的宮殿，那賤人以為將我們送到了絕地，沒想到是給我們撿了大便宜！」

「這寶器摸是摸得實，但拿不動，會不會是有特別機關？」

「四處看過了，前面王座也沒有任何痕跡，我想只可能在這八尊雕像身上。」

「大家也先別著急，這地方我們既然有緣來了，只能是我們的造化，但通常寶器所居之地，必然有些限制，我們不要輕舉妄動，以免發生意外。」

「團長，你來看看中間這一圓台，是不是很像祭台之類的，這中央的五芒十字星，連結了八道凹槽細流，直指八項寶器方位，而這細流都直接連到各寶器下方一處細孔中，而且這中央地帶皆裝飾著複雜的花紋，很像法術啟陣的紋路，所以我想，可能會需要血祭，透過血氣來啟陣並打開這些寶器的限制。」

這龍君說完，一股冰冷的眼神，示意著望向了一直縮在門口的華貞。

「哈，可惜了，這事可真巧！」

「帶她來，還真是對了。」

「那麼，小妹妹，下次有機會投胎，眼睛可要放亮點囉！」

華貞拚了命地掙扎，並沒有絲毫用處，被龍君輕指一點，四肢不由自主，被放到了祭台上，隨即刀刃一過，開始放血。這血循著細流漸漸漫向寶器之處，在血氣布滿了五芒星法陣之際，霎時遍地散起血光，在一陣重重的機關聲響過後，寶器後方之雕像，竟如同活物一般，眼露凶光，舉足搖臂，紛紛動了起來，舉起武器對著苗嘯四人就是一陣兵刃殺伐。

不意外的，這四人雖然武藝不差，但對上這些雕像，一切招數強能皆無用處，絲毫沒有反抗之力，怎麼對待華貞的，也被雕像們相同對待，最後在四人身軀被重重寶器截成數段搗成肉泥之後，方才停止。

這時空彷彿暫歇，只是腥味撲天，血氣瀰漫，華貞漸趨無聲的心跳，已為終結倒數，轉瞬間八尊恐怖雕像，又已圍攏在華貞身邊，舉起兵刃往華貞身上斬下，先是右腿，再來左手，隨後左腳，再來右臂，就是不讓她死得輕易，這時一切的委屈與不甘，終於在華貞心底徹底爆發了。

為什麼非得讓我這樣死去？好玩嗎？為什麼我就是沒得選擇？明明我都已這麼

努力？……從小就被放棄的我，是為了什麼來到這世界？難道只是特意要我，看我笑話嗎？

華貞越想越氣，猛然一聲大喊：「造物主什麼東西，竟然這樣戲弄我，要我靈識能有存，不管天涯海角，不管歷時萬年，都要找到你來算這筆帳！」

這時華貞四肢已被雕像切斷，巨大的痛苦，反而讓她升起莫名的勇氣，大罵著造物主之不公，終於最後一擊落在她的頭顱上方停止了，華貞不明所以，但也漸漸失去了知覺：「直到最後也不給我一個痛快，真是萬般可恨。」意識模糊之間，耳旁出現了一連串毫無感情的對話。

「妳已被造化系統選定。」

「靈子轉移暫存。」

「重新化形藉體……化形完成。」

「進行『修真開聆』道器裝置……裝置完成。」

「連結玲瓏世界道場實驗設定程式……設定完成。」

「進行靈子識核融入藉體作業……作業完成。」

「融入完成，開始活化藉體。」

「進行活化第一次……」

「活化成功。」

「正等候身分認證……身分認證完畢。」

「實驗體第十八位，代號『恨別』個體重置化形完成。」

「轉移遺跡入口安全地帶，進行喚醒作業……十、九、八……三、二、一，重生作業完全結束。」

華貞慢慢悠悠地醒來，只覺神清氣爽，沒半點不適，回想方才經歷，彷彿如同夢境，是假是真，也分不清，還是我竟在這邊睡著了？可是並不見團長他們？

這時數聲狼嚎，吸引了她的注意，見十幾隻雪狼魔物，正畜勢對她攻擊，華貞立即緊靠遺跡入口堅壁，雙手運氣合掌，起手「穿雲十八式」，就在她關注雪狼之時，赫然發現帶頭雪狼頭頂上方的明顯訊息。

雪狼——

種族：獄犬。

等階：10級。

升逆：368數。
力能：30數。
智能：10數。
體質：25數。
巧速：10數。
運氣：10數。
靈氣：15數。
命體：1000數值。
魔素：200數值。
精技：土——撕咬二級。
動技：威嚇一級。

隨著第一隻雪狼撲上來，華貞雙掌翻飛，一個起落發勁推出，這雪狼瞬間被擊飛了出去，只見其命體數值迅速歸零後死亡，頭上訊息跟著消失，華貞注意到，只要受她的攻擊受傷，雪狼命體數值皆會減少，直到歸零，就是死亡。

這十幾隻雪狼，意外地很快解決了，她的出掌移步，處處顯得迅捷異常，華貞非常驚訝於自身的變化，方闔眼沉思，腦海中卻直接浮現了一個真實畫面：

華貞——開聆系統

・修聆　華貞。
・種族　血族——赤孚。
・職業　暗影。
・等階　10級。
・升逆　97數。
・力能　35數。
・智能　30數。
・體質　10數。
・巧速　20數。

・運氣　1數。
・靈氣　4數。
・命體　1500數值。
・魔素　200數值。
・精技　水——凌冰之護一級、冰刃一級。火——免疫一級。土——穿地一級、滅形一級、滅識一級、藉形一級。
・職技　木——凝形一級、威壓一級。火——穿靈一級。土——掌法一級（穿雲十八式）、明晰一級、遠觀一級。
・動技　木——魔素運用一級。金——疾速一級。

「這是我的……修聆資訊？」

閉眼觀想就能出現在自己的正前方，精緻方形的螢幕，上面排列著項目欄與數字，「修聆」華貞，列在第一欄，接下來「種族」赤孚，「職業」暗影，還有「等階、精技」，都清楚地呈現著，右上角一欄稱號閃閃發亮，則烙印著「恨別十八」。

華貞漸漸地了解，她似乎可以用一種與世人完全不同的視角，來看待這個世界了。

第十五回

人心

華貞仔細端詳她的修聆資訊，在三個項目技能上的訊息，特別令她在意，上面除了穿雲十八式外，其餘凌冰之護、冰刃、魔素運用、免疫、穿地、威壓等等以及明晰、遠觀之類，似可從字面意義理解，但如何運用則不甚明白，還有滅形、滅識、藉形、凝形、穿靈等等更是華貞從來沒有聽過的。

而以技能之意來說，不就是應該屬於自己學會的能力？那麼像凌冰之護與冰刃，這自己可從來沒學過啊！

華貞好奇地思考這所謂的凌冰之護，並嘗試著開啟這技能，發現在這一瞬間，身體周圍泛起了菱形的冰晶護罩，宛如穿上了武裝一般，這護罩通體透明，觸之實體堅韌冰寒，再試試冰刃，則需手勢向著目標，意念啟動之時，掌心會形成一道散發淺藍色光芒的圓形法陣圖騰，隨後會於圖騰中心形成利刃射出，一次可出三刃，在試了幾次後，華貞很快發現，這兩項技能的發動會消耗她的魔素數值。

而魔素運用，是一種對環境的感知能力，不需依靠眼睛，也能清楚感受外界的事物，其他技能與字面意思相同，至於穿地，讓華貞可直接穿入地面隱藏而不破壞地面，這對於她來說，可是目前最有用的逃命手段。

特別的是動技疾速，由意念似乎無法發動，試了幾次沒結果，也就暫時放棄。

在連續嘗試發動這些技能後，魔素呈現了零數值，華貞不知這魔素數值得如何才能補充，因此剩下的技能也就沒能繼續嘗試了。

這種只要念想，就能發動的技能，與穿雲十八式比較，差別似乎在魔素消耗，華貞對付雪狼時所用掌法，可是連想都沒想就能使出來的，或許技能發動之魔素消耗與熟悉度相關，只要夠熟悉，消耗量應該會減少。

這些技能威力，都得驗證才行，所以華貞又進了冰城遺跡，做了各種嘗試，而在消滅了幾隻魔物後，她的等階已從十級升為十一級，升逆數值改變為1000，同時空白處出現一欄訊息：「恭喜升階，可使用數值十點。」這在她研究一番後，才知道這些數值可以隨自己心意加到基礎數值上，只是一開始沒注意，全都加到力能上了。

而這也讓她發現了，力能數值直接影響了她的出招勁道，證明了等級與實力有著明顯的關係。

這讓她找到了變強的方式，華貞現在的變化，實在令人無法理解，只能說這世界有太多秘密了，如這遺跡出現的本身，可就是個謎，遺跡裡的魔物又是怎麼來的，同樣也無人明白，總之在遺跡殺滅魔物變強，就是華貞目前最想做的了。

隨著能力提升，華貞的自信也漸漸增長，在遺跡第一層，包含之前去的隱藏通道，皆讓她掃蕩完畢後，華貞進入了第二層，這第二層的魔物，已明顯不是第一層魔物能比，華貞在辛苦地打死一隻形狀像獨狼的魔物後，發現這魔物屍體中心，閃閃發著亮光，好奇之下取出，竟是一顆圓形丹藥似的東西，上頭訊息欄出現「凝魂丹——可提升修行境界，服下後，需用意念加以煉化」的詳細介紹。

長久以來只聽公會長輩們說過，遺跡魔物會掉寶貝，這次總算是親身經歷了。要不是發著亮光，我都忽略了這一點。這凝魂丹有說明使用方法，我得找地方試試。

正在思索時，一對男女從前方走了過來，熱切地與華貞打招呼。

「小妹妹，妳該不會是自己一人來遺跡尋寶吧？」

「我叫軒轅可兒，他叫胡雷，我們就只有二人，也同樣是來碰運氣的。」

「再往前會比較危險，小妹妹獨自一人，恐怕不太安全，看要不要跟我們一起臨時組隊，要不然還是建議妳回上一層比較好。」

這二人熱心地跟華貞做了建議，雖讓她不太能將他們與秋風之旅戰團那些人相比，但也不敢隨意相信。就這樣點頭示意後，華貞迅速地往回程跑去。

「等等，小妹子，我們也要回上層，不如同行吧，路上也好有個照應。」

華貞看這兩位陌生人，頭上除了等級外，其餘資訊都沒有，一個等級三十八，一個等級三十五，都比她足足高過二十級。這與她看魔物時不同，見他們主動跟上，也不好一直拒絕。

一路上，軒轅可兒很是健談，一夥說說笑笑，華貞的戒心，又慢慢地放下來了。

「對了，妹子，妳手上那顆會發亮的珠子是什麼啊？」

「喔，這是一隻魔物身上的，叫作『凝魂丹』。」

十字星公會

公會長——「膠鬲」，他對華貞這小姑娘的決心與毅力，相當欣賞佩服，打算日後留在公會好好培養，對於兩個月前華貞與秋風之旅出行至今未回一事，非常擔心，所以特別委託一個值得他信賴的戰隊，前往冰城遺跡一探究竟。

這團長名為「鮑龍」，屬於西方義門一個新興勢力，實力頂尖，信譽良好，一夥七人稱為「正義戰隊」。鮑龍接到委託後，馬上召集了隊友出發，採用了飛行方式，不到三天就已抵達遺跡入口。

華貞脫口而出，說了凝魂丹，軒轅可兒兩人一聽，眼色同時出現了異樣，華貞不知這凝魂丹的魅力，足以讓他倆殺人奪物了。

軒轅可兒忽然數指連點，想封住華貞穴道，胡雷配合其後，正如獅子搏兔，不知華貞迅疾自行發動，超乎兩人的預料向著後方偏移，隨即數支冰刃迎面而來，這兩人順手掠過。

「這小妮子竟會術法，真是小看她了。」

華貞見冰刃不能傷到他們，運起了凌冰之護，拚盡全力遁逃，二人跟著追趕過來，眼見就要被追上，華貞心中恐懼無比，內心陰影又現，竟只知一味逃跑，卻忘了「穿地」這能救命的技能。

在邊打邊逃之下，身上又已傷痕處處，命體數值降至100以下，已是命危，疲累感頓升，嚴重遲滯了行動速度，念頭一轉，遂直接將這凝魂丹吞下肚了，二人見狀大怒。

「妳這小妮子別以為吞下肚後就沒法子，反正開腸破肚還是找得著的，小爺這就送妳上西天！」

正以為悲劇將再重演，一柄巨斧，從遠處殺了過來，擋住了要命的利刃，「真是放肆，在遺跡公然殺人越貨！」

這軒轅可兒二人見鮑龍一行闖入，知道不敵，一顆煙霧彈落下，瞬間兩人已不見蹤跡。華貞見來了救援，忍不住暈了過去，輾轉醒來後，已在十字星公會。

第十六回 任務

在宇宙道場環境中，五行精華覺醒了自我，皆稱為有意識之靈子，此又分靈心與識核這別稱，靈心指的是自我意志，識核則是此自我之實體。

透過修行，靈子才能實現進化與成長，這修行之真義，是修正錯誤，採取靈子進化時最適當的行為，這在道場制義上，皆由靈子識核與生物藉體融合居於心房，而後如實感受這藉體與外界接觸相應之所有訊息，用這種方式，來訓練識核的心理素質與受壓強度，能做到實際上的穩定，就是靈子正確有效的成長方式。

這能讓識核越形堅固而轉化成道器，道器一成，即代表魂能開始累積，而且能精煉充實，再進一步就是轉成道能，經由藉體作為道場環境上之實際運用。

這成長進化階段，就稱為靈心修真境界，一旦識核轉化道器生成，即是進入第一境界築基之凝器。

修真境界皆分四境，第一即為下境界，依順序分別為築基、煉氣、結丹、元嬰、化神五階段，各階再分九等。

如築基階段之九等，一為「凝器」，二來「蓄道」，三是「充能」，四乃「填實」，五則「化真」，六處「煉形」，七能「形固」，八已「驅脈」，九即「恆轉」。

華貞自思多年以來，縱使每天勤奮不懈地修習太玄論德經，也一直停步在「築基」第一等凝器而已，欲入蓄道，卻是久久不得其門，沒想到這一顆凝魂丹，竟讓她一下子突破到第九等之恆轉，現在只差突破機緣，就能進到「煉氣」這一階段了。

苗姜師尊說過的築基階段九等，由凝器修煉至恆轉，一般根器能在五年內達成，但她可是早超過這時段，要不是這凝魂丹……可知自己的根器比一般來說都還不如。

但是突破機緣應該在哪？回去問問苗姜師尊嗎？不，我想先靠自己試著找出那條路來。

她需要更多的資源與經驗，也需要驗證她這開聆系統所指導的變強方法，於是華貞離開了十字星公會，再度前往冰城遺跡，不知是否還有機會回來，所以路上繞進了觀學方域，與苗姜師尊短暫拜會之後，繼續了她孤獨的旅程。

這裡是華貞認為最佳修煉場所，透過在遺跡內不斷與魔物進行戰鬥，不僅成長了各種技能的熟悉度，也讓她的作戰實力，達到一個基礎的水平，同時，她的等級來到了四十，開啟了隱藏職業——「幽厲」，這是她累積的孤傲與執恨，所開啟的修羅地獄之路。

在這期間，她在遺跡中，竟意外收服了神獸「窮奇」，這為她一向孤獨的修煉，多了一個重要依靠。

她回憶起當時鮑龍的話：「如果真想變強，就當個鬼使吧，有興趣可來西極盜靈山——義門找我。」

下了決心之後，為了掩蓋自己稚嫩的臉龐，華貞僅讓雙眼露出，二履劍眉，一身玄色勁裝，顯得世故而肅厲，想著這樣就不會有人隨便打她的主意了。

來到義門，接觸了鮑龍提到的暗殺組織——鬼使，知道這是一個只問利益之處，組織交付任務，願接者得，報酬豐富。可選擇是否加入建置，或者純粹當個接案子的緣客。

加入鬼使有一個等階測試，用來判斷殺手執行任務的能力。

華貞面對的，是一個等階銀級的強者，過程不分手段，一方認輸為止。

二人相對，各自凝氣化勁，蓄勢待發，對方凜冽之威勢，如驚濤駭浪，洶湧翻滾，華貞發動凌冰之護，一履霜鎧，沉靜無波，掌心暗流迴旋，正是冰刃發動之兆。

彼此凝神專注，暗自提防，等待著最佳進擊之機。

對方率先出招一探，一履遊魂步，已從華貞身後，一掌拍來，華貞不閃不避，刻意接了此掌，右掌向後一翻，數道冰刃穿過對手四肢，勝負立時判定，這一測試，讓鮑龍驚覺不可思議，幾月前的娃兒，現在竟變得如此沉穩強悍，不僅出手狠辣，更是心如止水，好似「修羅密士」一般，莫不是得了什麼造化不成？還是真在那「隱宗」裡修煉過？

「小妮子可真厲害，這下至少是列名銀級，能接的任務可多了。」

怨咒無間，孤靈引路。
鬼使傳令，幽魂索命。

這是北地江湖最神秘的人命交易組織，只要是這組織接下的任務，任你是大羅金仙，也將在劫難逃。

昔日荒城兩大國度之一，西極明煌之皇帝，就是死於這組織的交易，這執掌鬼使之首腦，大多數所探得之消息，都是指向儒門，但無真切實據，都僅止於猜想而已。

華貞所加入的這處，不過是鬼使一個小小分部而已。

鬼使成員間，都帶著特製面具，除了引介人之外，沒有人知道殺手的真實身分，事實上，發生了不少引介人，被殺手除掉的例子，所以能當引介者的，自身實力必然相當雄厚，或者對於他所引介之人，有相當了解與掌握的自信，而最後，引介人大都使用了骯髒手段，來作為對殺手的控制。

當時鮑龍見華貞這小小年紀，竟然就這麼硬氣善鬥，早想拉攏做為自己的殺手，遂為她做了引介，事實上，他就是鬼使這分部的掌櫃。

江湖上有任何不能解決的冤仇，大都可以藉由鬼使來幫忙解決，只要出得起價錢，但有些出不起的，也視條件可當作戰僕，算是一種敢死隊，這是雙方同意下的，也是這交易上的既定規則。

只能說鬼使的存在，本來就是弱肉強食下，必然衍生的邪惡道義。

華貞加入鬼使後，僅僅不到半年期間，已達金牌鬼使階層，外號——鈴星，江湖上有她顯著之盛名——「暗影鈴星」。

殘血一瞬觀流星
十里江湖未留魂

這是描述這位殺手的恐怖，見之有若流星，殺人僅在一瞬，縱使逃亡十里江湖，被她盯上也只能留魂。

隨著年歲漸長，知曉其真面目的，都驚訝於她不亞於傳言中六翼神使洛神之美貌，這讓義門之鮑龍，早生起了非分之想，但顧忌於她突飛猛進的實力，遲遲不敢強制，於是處心積慮設計，終於在一次機會，用上了那骯髒手段。

趁著與華貞多年熟識之便，對華貞下了一種可說絕無解藥的「至情蠱」，只要蠱體成熟，華貞心中將只剩鮑龍一人，屆時就完完全全成為他個人的慾奴。

這等邪計，華貞可是全然無知，畢竟她一向將鮑龍視為救命恩人看待，也因她從小失去雙親，隱約來說，也將鮑龍視作父母長輩了。這計謀若真得逞，只怕華貞有朝一日醒來，將徹底成魔。

邪惡的慾望，盡存於執心，這在荒原的世界，一樣不停上演著，而在亂世中引領人心向善的光明，卻即將在華貞一次天殤任務中，無情地摧毀。

據說她的身旁有時跟著一位小黑童，或僅在身後出現一雙深紅血眼，這都是神獸窮奇幻形而來，這是她獨自攻略冰城遺跡之時，意外遇得此神獸，經一番交鋒之後，獲得這神獸認主。

窮奇的形態有如龍面，似牛之彎角，渾身毛如刺蝟，四爪，雙肉翅，身體純黑，雙眼血紅，音如嗥狗，殺性甚眾，嗜食人種。已能化作人形，華貞稱它為「惡面」，有特殊的再生、影分與吞噬技能。

在荒原宇宙的世界中，這類神獸或寶器認主的情況，大都代表造化機緣，也就是造物主刻意安排的修行功課。雖然如此，但這是修行過程的魅力所在。

華貞參與了鬼使最近一次的秘密會議，接下一個特殊任務，這是她的修聆資訊上，顯現已久的任務——「殺掉道門聖使玄明，將獲得重要的升職獎勵」。雖然她出生於道門苗姜仙吏，但在她早已選擇修羅道之下，也沒需要想太多，能一舉兩得，這是很划算的。

這個讓她重生，建構開聆系統的組織，實力難以想像，恐怕是造物主之類的程度，時常出現的各種任務，這沒有不接受的選項也不能違抗，只要任務過期，必帶著一連串的懲罰。雖然每次完成任務也帶有獎勵，但這必要完成任務的規則，讓華貞懷疑，自己是不是那次死後，就已歸屬於這一神秘組織，而早已失去了自我。

這暗殺玄明聖使的修聆特別任務，早已經出現好一段時間了，在道義與立場的選擇上，她終究是選擇了自己認為該做的事。

道情所趨者，天之理，言殤之義者，折毀於事中，其天殤，雖勢之所執必，然終亡於無果也，是一切圖謀，乃盡歸天意。

虛擬世界修行道場，本在考驗靈心應對，故強加磨練，這種天殤之類，多屬造物之用意，即人生無轉折，則無易變之理，進化突破，必來自於苦難與無間魔障。

華貞所遇，即為此爾，乃知苦難之重，盡在造物之用心。

第十七回

死劫

在荒城聖域極北之地，於雪山縱走，稱號萬龍奔之處，也是永凍河之源頭，這裡有一類精靈種族號為「神鑄」，是一種類人亞種，體型矮小，喜洞居，最擅於鑄造，屬於穿山族之有熊——執星，如果能將他們併入道門，則對於道脈之寶器武裝發展，必能有極速的進步。

這是光明聖使呼百顏所提出的建議，他與苗姜負責觀霞嶺之道門總部建構，發現道門裡相關武裝鑄造技術嚴重不足，又恰好得知此執星一族正處冰龍危機之中，所以向玄明聖使提出，或許趁此時機，也能順道收服那冰龍為道門所用。

於是依照合部情報，玄明帶著善才與悟空，直接乘坐觔斗雲往這雪山神鑄之地。

只見這雪山景色，純潔得無邊無際，合部暗影所說的三環大樹，倒是不難分辨，這神鑄入口，就在底下，洞穴前有一豹首銅環，似已陳老無用，悟空一棒下去，也就成了碎片。

順著地道蜿蜒曲進，裡面擺飾已然陳舊不堪，真不像是尋常通道，而是荒廢了許久。或許這段甬道，本來就極少使用，聽說執星一族大都由地道與外界流通。

終於到一門前，拱形玄色大門，中間是虎形銅環魁儡，這與九幽靈谷中之七重煉寶塔門禁感覺一致，此門倒是常新，與外門差異甚大。玄明禮貌性地敲了三下，只聽虎嘯三震，隨即有人喊聲到。

「門外何人？報上名來！」

「俺是道門孫行者，與吾師父道門聖使同來拜會族長。」

玄明將來意告知，希望雙方取得合盟一事，沒想到即刻被拒絕了，但族長卻另設條件，願意全族併入道門，也就是保護他全族的安全免於冰龍之害，並於觀霞嶺特別設立一處讓他族民遷居，以提供族民未來的生活與研究保障。

「這冰龍實力甚強，口噴寒氣就能瞬間凍結萬物，它有個癖好，喜歡蒐集各式寶石，就住在奇拉山脈之履霜頂——高老峰，這些年來，屢屢偷襲我出外族人，搶奪隨身寶石道器，聖使若能降伏它，它那山裡面充滿道能的寶石，也足夠我們研究一輩子了。」

這條件，玄明想都沒想，一口氣就答應了。因為那隻冰龍來歷，他曉得。

這冰龍，早已能化作人形，自稱「朱升」員外，曾見他紫金缽盂這至寶，想設法搶奪過來，沒想到遇上悟空，給打跑了，玄明曾趁機對他設下寶識拘束，這時要喚他過來，也非難事，沒想到這萬事因緣俱齊之時，就是這般順利。

他與呼百顏也有一段恩怨，也算不打不相識，在呼百顏遊歷荒城之時，遇上這冰龍強奪他人寶物，便出手干預，沒想到後來兩人成為朋友，這冰龍也就漸漸收斂這搶寶的行為了，但他對於執星一族卻是不放過，多年來屢屢找他們麻煩，則是另有原因的，至於為什麼，只能由他自己說明了。

與神鑄——執星一族協定好之後，玄明師徒三人，回程中經過疾風原，聽悟空說這處有一極佳溫泉，遂停歇休憩。

此時華貞乘著惡面，佇立夜風高處，注視這昔日熟悉的地方，與玄明這陌生但著實令人心生親切的臉龐。

玄明運起寶識，護起周身，這是絕對穩固的防身手段，從惡界之事底定，一路上道路漸寬，心事終於有些底定了，正欣賞起這片雪景，尋覓造化之餘，沉醉間，心不覺，冷不防一道幽芒劃過，左肩上已見一道深黑長口，此見血即封喉，縱使玄明功力不差，此刻也已然昏厥。

原來華貞幽厲之技，能從影子近身，所以玄明之寶識護盾，沒能起到作用，這下玄明藉身真亡，一履靈識，逕自遁入了幽冥。

此刻意外突生，善才驚慌失措，不知怎辦，忙求助師兄，但這潑猴竟是無情，一聲呼嘯，乘著觔斗雲，才不管玄明死活，又是逍遙去了。善才只好獨自將玄明藉身帶回方域，求助苗姜眾人，這一耽擱，就只剩幽冥攔路一途。

幽冥攔路，為的是避免進入「鬼門關」，因為一旦進入，則永為貞魔之眷屬，這是深淵七人眾之造物設定，而那裡，也是執妄童子並七煞魔皇的大本營。

這危機，可絲毫不下於幽冥之骷殤、邪鬼、害厲、惡魔等勢力，皆急於搶奪吞噬玄明魂識之動機。

在骷殤界普遍認為，由十七天外造物主所化元識之玄明聖使，他的識核魂能，至少提升一千甲子功力，且能直接突破境界，這事早就傳遍了幽冥，所以玄明靈識遁入幽冥一事，也快速傳遍整個冥界。

這是大家的憂慮，但以聖使條件，不會輕易被吞噬的，畢竟還有七星寶識功力護持著識核。但這種想法是一廂情願，冥界勢力，各個境界高深，難保不出意外，若是五仙仍在，則用嘲風幻影之能，最能達到速效。

苗姜仙吏等即刻啟動了道門密術——「陰陽穿梭鏡」，此法能一次引渡多人穿越，缺點是進出時間受限，僅得一炷香之間。於是在場眾位聖使，除了苗姜護持密術之外，皆同時進入幽冥界尋找，而善才也通知了龍吉公主，請她協助派人幫忙找尋。

在這分秒必爭的時間裡，進入冥界之道門眾人，各個盡顯其能，期待盡速找回聖使，遂於此刻間，冥界光明大振，玄音急嘯，不絕於耳，但在一陣急忙過後，仍舊毫無聖使蹤影，就在眾人灰心之際，忽見一道青虹，迅速往觀學方域飛來。

仙使明德，金曦燦爛，幽冥一番無行路，
歷劫再證陰陽錯，道靈引渡還陽處。
神輝明耀，青舞光華，天下行龍盛靈欽，
八方無藏隱動心，青華眷顧亙古今。
踏莎行

眾人抬頭一見，青華聖人騎乘青龍，兩旁赤鵬護衛成列，一派聖駕莊嚴，於方域沉著落下。

聖人帶回聖使魂識，並贈乾道厲行藉體，僅微言至要，隨即與眾護衛回轉皇城。

這一回玄明死劫，乃造物刻意之安排，不僅為華貞與玄明雙方牽扯上因果，也為了在玄明身旁，安排更多的可靠保障，因為在未來，他所面臨的，都不是小禍劫，而是真正的災難與挑戰，而造物之意，也只能幫忙至此，其餘得全看玄明之智慧與道德應對了。

第十八回

意婁

翠湖之畔，兩股巨力同時憤張，叫罵聲中，招招動地，式式傾天，一來一往，連番瞬擊，一進一退，數度縱橫，只見金箍黑頑，摧山裂石，又覩斬刀熾焰，破雲撕天。

這是那潑猴與魂執七衍罪之意婪——妄劫之對戰，起因正是潑猴手上的如意定玄針，這妄劫自認境界高深想取之為用，與潑猴一言不合，打了起來。

這猴哈哈笑道：「枉費你金仙境界，打這麼久了，都不能攻進老孫身旁，還想繼續試試嗎？等老孫熱身完畢，就要將你捶成肉泥！」

妄劫陰惻惻地飄到悟空身前，一臉輕視地說道：「哼，你的實力真不怎麼樣，我是沒想到，剛剛隨便與你試了一下，卻讓你自大起來了，要近你身，這不輕而易舉嗎？」

「敢瞧不起老孫，這就先打得你求饒不得！」

一掄黑頑金箍，直劈了過去，然妄劫就如柔絮，在黑頑間靈活飄動，不論悟空用棒多使勁，招式多繁複，總是不能碰觸到他。這妄劫嘻笑嘲弄，直如玩耍，氣得悟空瞪著雙眼，急得好似快噴出火來。

這妄劫惡魔王階，可真不是虛名而已，悟空剛剛還能有來有往，目前卻對妄劫束手無策，只能說明這惡魔，剛剛真的只是在玩。

這潑猴在連番攻勢後，已累得他煩惱暴躁，真想遁逃，豈知妄劫就像徹底黏住他一樣，怎麼甩也甩不開。接著一股真火，由妄劫身上瀰漫而出，見勢若緩，其實迅疾，手持「魔劍熾煉」再度揚揮。

這猴以金剛不壞身硬接，全身毛髮被燒得乾淨，一陣陣灼熱刺痛，搞得這猴吱吱亂叫，妄劫這火，實為精火，比起三昧，威力更甚。

這潑猴漸受不住，金剛九重已去八層，若最後一層散去，不壞身也就崩離了，這潑猴只好開始遁逃，從入世與人相鬥以來，還不曾這般狼狽，倒不是實力完全無法對抗，實在是此魔恰好制住悟空弱點。

只是妄劫隨身，如附骨之蛆，眼見第九層金剛不壞功力又將被破，魔劍又至，這潑猴深怕境界被毀，強忍一身傷勢欲出大招，就在這時，幾乎絕望之際……

妄劫手中「魔劍熾煉」驟然停了下來，一隻玄冽冰龍牢牢咬住此劍，龍身竄動亂舞，雙爪玄刃朝妄劫撕去，妄劫右手被制，對於冰龍攻勢似乎無法躲閃，一招「煉魔掌」拍向龍頭，魔劍趁時掙脫冰龍撕咬，一個大躍身，退出數十丈，正要看清來人，又是一隻赤焰魔龍從後方撲來，一連數爪連帶噴火，惹得妄劫憤怒鬼叫：「對我用火，真他媽的被看不起了！」

正要發招對付火龍，一尊金剛法身，夾帶風雷之勢，拳劍交錯，或如暴雨，招招冷冽；或如疾斬，式式驚人，妄劫措不及防，藉身受創，口中湧出了黑血，又再退了數十丈，正想緩身之際，一蛇髮鬼面之法身，悚然豎立在後，這時雙掌翻飛，招招落得踏實，再把妄劫打回怒目金剛之處。

這二龍二法身暴打妄劫，將妄劫徹底地圍困於中心，這潑猴見著救星，一股強抑的精神，終於鬆了下來。

這妄劫欲用精火，冰龍牽制；欲執熾煉，刑天能擋；欲為幻形，九蛇能噬；欲遁生路，謫仙不允，最後終於被九蛇化術逐漸石化之下，完納這一生劫數。

謫仙人恢復原身，雖顯黯然，但神情堅毅，與這猴照面後，已知所以，遂勸他從了玄明，別再使性子，好師父沒那麼好找的，也請他順便帶了信兒，他需要時間好好靜一靜，只要他幫帶信，就算還了這救助之情。謫仙人也順便將玄明復生的消息，告訴了他之後，就飄然離去了。

這潑猴對這方面倒是重視，也算是恩怨分明，雖不情願回去，但又怕那惱人的緊箍咒襲來，所以勸著自己，就當還人情，心情舒暢地回觀學方域了。

易之成變

易之道，勢有亟當逢變，窮無盡則作活，生死之道，輪迴之端，是為宇宙進化之本。

造亟於端，為生死之門，生死一瞬，輪迴之間，已得成師之志，是能為虛空之易變，成者變之師，變者成之道，無往亟，則不見，無勢盡，則不得，是為行步覺醒，是成道身真化，此即為成變。

玄明聖使，生死險關不斷，此自我護生之熾煉也，謫仙人之情狀，摯愛既亡，人生失怙，此勢盡之失，為情性之振化也，悟空無情之極，竟存恩仇，此不見於道，歷生死以輪迴，是能得師矣，華貞數度煉心，見輪迴死生無數，是成進化之階，乃終成大器。

是知造物之道，唯有恆復之革心，忠於自己，好好作活，就是真正修行道。

「老大，這回……我們應該是死定了。」

「嗯，總算是有機會實現諾言了。」

「什麼諾言？」

「同生共死啊。」

「可以的話，老豬還是希望延個日期的。」

「別悲觀啊，我的心正熱騰著呢！」

「還是小喵懂得人生，就是得到最後一秒鐘對吧。」

「好吧，四哥我跟隨你。」

「好悲壯啊，也只不過是被抓起來而已，用得著這樣嗎？」

「唉，小胡升你不懂，這地方，可是『役魂谷』啊，獄友們說的猛鬼地獄！」

「猛鬼地獄？難道我們就是所謂的猛鬼不成？」

「一聽這名字，就知道文學素養不成，大家被關著，哪裡還能是猛鬼？又不是吃好睡好。」

「你這腦袋，虧我還看上了你，死了不就變鬼嗎？真是蠢蛋。」

「重點是如今我們該怎麼辦？」

「等人來救了。」

「不然就像他們說的，打贏五百場生死鬥，就放我們離開。」

「從這點來看，他們算是貼心的，可以讓我們六個一起上。」

「這是因為他們喜歡看群架，還有另一項重點，這裡面的隊伍，似乎就是我們人數最少。」

「難怪這邊稱作白骨山。」

「每天都死這麼多人，白骨自然堆起來了。」

「真不知道這些人從哪來的，這聖域不是荒城嗎？荒城不就是沒人的意思嗎？」

第十九回

器靈

在二千多年前明道錠凌界時期，明道至聖青陽子憑藉一套凝象九變武裝，縱橫妖魔鬼厲混沌四界無敵手，逢千百敵將圍殺而不墮，從此造就聖魔戰神之名，而凝象九變，也就此被稱為「聖魔武裝」，後世能以聖魔武裝稱名的，皆必以凝象九變為衡量標準，縱使不如九變之強，也要有相當匹敵之水準才行。

鑄靈神匠高丙，是凝象九變的鑄造者，他的鑄靈稱號，就在於他所造各式武器裝備，皆必衍生器靈，在他鑄造凝象九變之後，於神器運用與戰鬥構思上的差異，而另外選擇一條不同大道鑄成的武裝，這全新的嘗試，則從未面世，只因後來青陽子的死訊，讓高丙從此無心於鑄造，而開始於世界上之遊歷，所以這項武裝——「問坎」一直遺留在高丙的「鑄靈居」。

要說這消息來源，自然是來自於高丙親自說出來的。

在尋回乾變——七星劍之後，高丙承諾為魔皇晦藏鑄造合適兵器，所以在時隔兩千多年後，他再次回到了鑄靈居，結果發現這問坎已突破自己所設禁錮自行離去，在無暇外出找尋之際，遂委託十字星冒險者公會，協助幫忙找尋。

這委託消息，在十字星公會過了整整五年之久，這一天，一對俊男美女，出現在這十字星公會。

這男的搖著一柄青羽扇，身上素裝打扮，氣質出眾，言談非凡，只是眉宇間一股陰鬱之氣，一看就知心事重重，女的裝扮顯得雅致，頤身寬袖，琉璃珠垂，竟似仙人，背上一柄古樸長劍，顧盼間溫柔親切，面容堪稱絕世。

這對有如家眷般的仙人，其實就是謫仙人與黃靈妤，黃靈妤得知菲菲消息後，星夜趕來尋覓謫仙人，終於在翠湖畔相遇，其實二人本就有些情愫了，正好謫仙人欲散心，就與黃靈妤一起遊歷江湖了。

聽說公會有一件超過五年沒人接的委託，好奇之下，就來到這邊看看究竟。謫仙人一見是神匠的委託，眼神精光一振，便欲接了下來，這女子興奮應和著，因為他已經好久沒有振作起來了。

謫仙人帶來問坎的消息，這是他此行主要目的，其實他接下委託，也不是自己要去尋找，而是當下他認為，既然問坎神器皆出自神匠，依靠楊定侯的凝象九變，必然可以尋得。

玄明已經好久沒見到謫仙人，看他與黃靈妤回道門，心情一陣欣慰，以為謫仙人將那情執放下了，在熱切地與謫仙人交談這一陣子的經歷後，才知他對菲菲之情結實際未解，也意識到謫仙人此關畢竟過不了，就不知何時當應劫而已。

在九幽靈谷中，七重煉寶塔也是禁錮著不少器靈的，根據他長久以來對器靈的理解，推測了問坎最可能的去處，只要再去向神匠確認一些事情，大概就能有些把握了。

鑄靈居，是神匠高丙的居所，位在昇龍洞往西接近過玄嶺下，一處稱名為「白骨山」的附近，這是委託訊息上所寫的，到了附近，吹這委託書上附的哨子，他就會現身。

這白骨山，可不是善地，是骷殤一族聚集之處，但要去到鑄靈居，就得經過白骨山，看來高丙是用這條件來篩選接任務的了。

謫仙人說明完畢，交代將於鑄靈居會合後，即先行離去了。

白骨山新六王

在荒城聖域西南，東鄰魔鬼原、昇龍洞，西倚過玄嶺、役魂谷，是一整群之丘陵地形，這邊大大小小城池部落並列，總數近百，皆自成一王，號為「役魂百大王」，外界皆以白骨山作為統稱。

關於白骨山，其實就是聖魔大戰時的諸軍遺骨堆砌而成，本有土石掩埋，然而這邊地形經過大地震，造成嚴重的土質流失，所以這些遺骨就漸漸浮露上來，而形成這一片處處是白骨的窪地，這些白骨能立千年不朽，有一項極重要的理由，就是骷殤一族的能力，骷殤一族能生存在陰陽兩界之中，算是極特殊的一個種族，其靈子識核所遁入的白骨，能散發一種能量，影響周圍白骨不腐，所以在這片窪地，漸漸形成了枯殤的部落。

這白骨山其實屬於荒城聖域裡的四大勢力之一，他們實力相當，彼此牽制，使這聖域呈現了表面上的和平假象，在四大勢力較勁的暗潮之下，各種所有你能想到的骯髒交易與手段，或者慘無人道的死鬥生祭與暴虐，都在這些暗處，不斷地上演進行著。

這種情況，道門之方域，只能獨善其身，並無能改變任何事實，因為道門北地實力，在當時遠遠不能與他們相比擬。

而在皇城百日戰劫之後，東方皇城謫仙人所帶領下的道門，可是名聲響徹了世界，這四大勢力自然不可能一無所知，所以在謫仙人所計畫的惡界行動曝光之時，早就在他們的算計之中了，畢竟若四大勢力失衡，那地底下的東西，可就都得浮上檯面了。

而在玄明帶領下，道門除滅惡界之後，這平衡也就自然被打破了，包含白骨山之其餘三大勢力，也就各自有了打算，針對他們最重要的目的——「蒙古聖地」進行了噬奪。

這塊聖地，埋藏了聖魔大戰之前，明道錠凌界之諸多至寶，只因荒城四大勢力互相制衡之下，沒有任何一方能單獨掌握，所以一直無法深入，只是停留在表面上的那些寶器而已。而那些也早已被各方搜刮殆盡。

千年前四大勢力，經過極為慘烈的爭奪，使得彼此元氣皆大傷的情況下，決定各設一封印於聖地，讓大家在休養生息之時，能避免外界宵小侵入這聖地取寶，而這一封印，也就讓這四大勢力僵持到現在，而惡界既破，這聖地之惡界封印，隨著七星寶識淨化，而意外解除，導致聖地封印少了一環，三大勢力所設結界封印，也跟著漸漸消失。

這四大勢力，除了惡界之魂執七衍與白骨山之骷殤，另外就是盜靈山之儒門，以及荒天地獄之釋門。

白骨山眾王中，雖以骷殤為主，但也有因實力卓越而受到認可的新王，最為著名的，就是百年前出現的新六王。這新六王各個模樣令人驚怖，行為思想怪異，熱衷於道器與武裝研究，以及藉體改造與生物武裝之融合。

他們都集中在役魂谷死鬥場之白骨天牢裡。而摘星五仙，正是被關在這新六王的實驗廠區，這裡讓五仙看到的，可真是無法形容的。

這新六王所在之處，堆滿了各種族的屍體，有些屍體算是拼貼上去的，也有些像是接上刀槍劍等武器，還有盔甲的，這些明顯是與肉身相連在一起，恐怖的是，這些都會蠕動，並頻頻發出微弱的哀號聲。

「這到底在做什麼試驗啊？」

「是把人變成武器嗎？還是把武器變成人？」

「看了這一堆，應該都是失敗的作品，會做這些的，不是瘋子神經病，應該就是變態大惡魔了！」

這一堆應該是失敗的作品中，看到一位高瘦男子，形容枯槁，一雙眼睛深陷，十爪尖利，實在不像個人形，正對著一具屍體東湊西湊，似乎搞得自己很不滿意，正大發著脾氣。

「這人肯定是神經病，若目光與他對上了，搞不好會被他拿去湊合著實驗。」

又有一瘦弱女子，臉皮消瘦見骨，一副骷髏連皮的模樣，細心地在縫製著外皮，一針一線，細緻緩慢，這是一張人皮，她邊織著邊比對眼前那副奇怪的骨架。

更見一古韻美女，穠纖合度，氣質優雅，正慵懶地斜躺在床上，欣賞著眼前的作品，那是整個頭部被插滿了針線，正咿咿呀呀地痛苦掙扎著，身上血流滴滿了身子，雖見渾身抽搐，但跳著怪異的舞步。

另外一位渾身透著血紅色的漢子，裝扮像個達官貴人，拿著一本古舊的殘書，認真地研究，這應該是正常，但在這一群中，反而顯得特異。

還有若彪形大漢與幽靈形態的二王，兩人演練對打，在他們手底下，憑空不停地出現各種魔物互相攻擊，但這些魔物皆撐不了多久，兩人似乎不分勝負。

這新六王，其實就是神匠高丙所鑄造的神器問坎，全套六件兵器之器靈所化。

第二十回　噬魂

整座白骨天牢，就是大型的實驗場，這裡關押的，恐怕不下於數萬人。每個關籠子裡的，都有可能被隨機抓去做上實驗，今天，也輪到了五仙這金廚子了。

這裡的場景，大概就是把無間地獄的修羅場，搬出來重製了。

這金廚子百般不願，也只能垂頭喪氣，一身功力完全被制，現在給他的，就是待宰，一種不知將遭到何種凌遲的恐怖命運。「若是能死得快些，也就是老豬的福氣了。」其餘兄弟們雖傷心，也無能為力，就金溜子哭得泣不成聲，只知這必然是死別了，但哪天也就輪到他們了。

這種恐懼的折磨，就是無間啊！

二個典獄使刑官邊走邊輕聲說道：

「聽大王說，對這犯人是要用上『刑鬼針』的，這可真不得了，我們這組，不是只做先刑官嗎？怎麼會直接用上這等厲害凶物？」

「那下一組復刑官，豈不是要用上那個了？」

「嗯，其實我有點不適應了，最近大王的口味是越來越重，犯人是越來越死不了了。」

這金廚子一聽，簡直快魂飛魄散，死不了這一句，可是令他無比恐懼啊，這時想自殺，也是做不到的，金廚子內心掙扎許久，萎靡地癱軟在刑房，隨著腳步聲，一步步向他靠近，只能不斷地哀求著饒命。

「抱歉啦，我們只是刑官，不照做，我們下場跟你相同，千萬別把怨氣撒在我倆身上啊！」說完之後，又禱告了數遍，就像進行著什麼生祭的儀式。

這「刑鬼針」，來自太玄道經功法《靈能——靈御》之太玄化能經，是將靈能迴旋反轉，即由施受而成汲取，一入靈子藉體，就會迅速吸取靈能，造成藉體境界逐步崩毀。

這結果看來，可說是所有修行者的夢魘，一旦施用，無可挽回。

這刑官貼心地告知犯人這將用刑的效能，是這新六王所立的規矩，說是給受刑者心理準備的，而事實上，就是要加深或者誤導他們的心執，以用來做更多嘗試的。

因為多年來的經驗，只要事先告知效果，就算是打個營養針，也能讓犯人自己嚇死自己，這六王要試試執心引起的虛實轉換，能達到哪一種境界。

這金廚子聽完，已嚇得哭天喊地，滿臉驚慌，這不僅是藉身被毀，搞不好連帶這麼多年來的修真境界也將毀於一旦，苦於不能自殺遁出，不然他老早這麼做了。

刑鬼針瞬間沒入，在體內遊走了起來，金廚子萬念俱灰，但一股怨恨至極的意念，卻已不斷揚升，只覺刑鬼針迅速搜括體內精華，靈能不斷消失，就像洩了氣的皮球般，勉強擠出了一絲嚎叫，有氣無力地哀求道：

「蒼天在上，我金廚子此劫若得貴人解救，不管是誰，老豬必勤懇忠誠永世追隨！」

金廚子雖想機會渺茫，但此時也只能這樣，不斷地重複哀求著，隨著時間分秒過去，他苦心煉成的太玄易能心法，已差不多要盡數散去了。正絕望間……

「你說的可是真心？」

金廚子感到一絲救命機會，立馬開口說道：

「老豬對天發誓，絕無虛假，若違此言，自我無存！」

「相信你不敢造次。」接著道訣一啟一化，金廚子魂識離體，隨著一道金線指引，遁入了刑房中一幅詭異的圖畫中了。

這圖畫，是怎麼出現在這邊的，也是無人知悉，只知道用盡方法也拿不下來，索性就擱著了，特別的是，畫中只是一圈渾圓黑暗，有時感覺上會出現些微亮光，似乎有些犯人就是見到那圖畫泛出光芒之後死去的。

二位刑官，將金廚子的屍體丟回天牢後，與五仙眾人說道：「這大王還要用的，不可破壞，若是壞了，就找你們其中一人代替。」

五仙低頭啜泣，雖是早料想好的結局，也是忍不住傷心，此時眾人已無話。隔日，竟又輪到五仙這一籠，這次帶走的是金獅子，兔死狐悲，從此五仙已亡，兄弟間的不捨，此時只能埋藏於深心。

這金獅子勇敢多了，來到這刑房，只是憤恨，眼光凌厲地望向整個四周，見到了那一幅詭異圖畫，忍不住仔細盯了起來，卻在不知不覺中，感覺那幅畫的黑暈，正慢慢消失，取而代之的，是一道金色長橋，他發現這長橋越來越近，一點微光過後，轉眼間竟已在眼前，伸手碰觸，如同實體，令他意外的是，雙腳能夠踏上，好奇之下，步步走進去了。

這獄官尚未用刑，卻見金獅子早已身亡，以為是被嚇死，寫了報告後，又將金獅子屍體，帶回五仙之牢籠中了。

連番失去二位兄弟，這金耗子只是搥胸，怨恨自己實力不足，才無能到這樣的地步，寶物什麼的，哪有情分重要？若是此生不能變強，他寧願放棄多年道行，重生再來，只是這兩兄弟，以後再也見不著了。

金豹子與金溜子思量著，一家三口死在一起，或許也能算幸福了，只是今生徒留遺憾，不知哪一世有緣能再相聚，望著胡升，也是滿滿的歉意，畢竟他們都不夠強大。

這是剩下的五仙，誓願變強的開始，唯有深刻體悟，哪得自覺呢？

這是噬魂之能，真正來到生命底線，會激起壯烈的火花，一旦決心已下，這魂之能，又豈是世間能噬？魂識之強大，遠遠超乎世人之認知與想像，這在十八天外的世界，或是我們這地球人間，都是一樣的。

第二十一回

閻王

在越過白骨山，接近鑄靈居之處，楊定侯與謫仙人會合後，吹響了哨聲暗號，隨即眼前一道結界開啟，前方一條山路，正是通往這神匠高丙的鑄靈居。此時凝象九變之無目與襲弱，已都化出少女人形，跟隨在楊定侯身旁。

隔斷了二千多年的友情，在此時終於再次相連繫了，神匠高丙，一反沉穩之態，原本緊閉的雙眼，激動地打量著楊定侯，一聲好友，竟令他含淚，楊定侯不自禁地張開雙手，熱切地擁抱他應該曾經的熟悉。

謫仙人識趣地，讓楊定侯與神匠敘舊，雖然楊定侯肯定不明所以，但也得慰藉這尋友超過二千年的前輩啊，這份執心，實在令人欽佩。

高丙喚出了劍靈，是一位穩健高瘦的漢子模樣，揚眉鷹目，行步沉煉，是凝象九變之長，境界氣韻，卓然不凡。這是楊定侯第三件九變回歸，令他潛藏於魂識中之記憶，似乎有了再現的跡象，不自覺中，境界有所揚升，只是不足，不能為突破。

但得三變之助，而且都已化靈，讓楊定侯在戰場上之實力，已直逼渡劫境界。

楊定侯自己雖早有聽聞，然而這次確認自己真是明道至聖青陽子轉世，也難免心情激動，畢竟這位聖魔戰神青陽子，可是自小到大心中的榜樣，此生無時無刻，都是以成為青陽子般強大為目標的。

隨著三器靈之再次相聚，彼此能談的，豈是此刻能盡，又是神匠老父陪同一旁，又是三兄妹久別重逢，現在的過去的，往事一件一件，楊定侯雖記憶無復，但對一切都興致盎然。

謫仙人見達到目的，欲與神匠並眾人告別，高丙忽然說道：

「最近白骨山役魂谷，有些不尋常的動靜，老朽得知的消息，在白骨天牢死鬥場中，有一組六人隊連勝好幾場後消失了，根據我那骷殤友人描述，很像是你們道門的摘星五仙。」

謫仙人一聽之下，心中愧疚頓生，他沒想到五仙竟還活著，現在既然有五仙消息，他就必要去探查真實，隨即要黃靈妤留在鑄靈居，他要獨自前往白骨天牢一探。楊定侯非常明白五仙對於謫仙人的意義，同時五仙也是他的摯友，遂強烈要求謫仙人讓他同行。

這一夜，一隻巨型天鷹迴旋於死鬥場之上空，這一片役魂谷，凝結之怨氣，濃郁得幾乎化形，讓謫仙人他們，很快就辨識到這個堆滿屍骨的地方。

藉著「無目」的搜索，找到了白骨天牢，這是由數百個牢籠排列而成，在成堆的屍塊中，無目鎖定了數十個拼湊之遺體，其中屍塊，在確定了是金廚子與金獅子的部分後，謫仙人已按捺不住一身怒火，二道龍形爆能竄出，一前一後，狂襲怒吼，將一整個役魂谷之眾王，給驚醒了過來。

此時圍住謫仙人與楊定侯的，是骷殤役魂十三王與其屬下部將，將近百人之數，層層疊疊，訕笑嘲弄著。然話未說完，十三王中八位，已連同剛剛說完話的那兩位，瞬間全都變成了碎石。

這群骷殤見狀，驚魂未定，又聽此人厲聲道：

「不管是什麼王，都立刻給我滾出來，要是讓我進去找，就讓你們嘗嘗噬骨削皮，求死不能的滋味！」

「好大的口氣！今日就看看，是誰有這能耐吃了誰……」一群骷殤王又出來想看熱鬧，正要習慣性地賣弄一下口舌，沒想到這謫仙人理都不理，沒有保留，直接撲殺。

只見：

冰龍凜冽，凌天穿地，熾龍狂焰，吞敵噬形，
九蛇修羅，鬼面無情，怒目金剛，刑天斬極。

又見：

無目天鷹，掠魄刑魂，襲弱火煉，無良焚盡，
七星劍靈，殲敵無雙，定侯勇猛，噬滅屠王。

這傾刻間，役魂谷二十六王與其眾屬下，總計二百多位骷殤全滅，謫仙人見四周已無他人，不能盡洩其憤恨，遂縱聲狂嘯，震得白骨天牢數百牢獄咯咯作響，在天牢裡的眾牢犯，都被眼前這一幕，驚得目瞪口呆，隨後立即歡騰了起來，大家都意識到，這無間地獄裡的日子，終究是到頭了，這長久盼來的心願，幾乎讓這裡的所有人，各個抱頭痛哭，這一情景，就算極其無情之人，也將是不忍。

無目很快就搜尋到了其他五仙金耗子一夥，在見到謫仙人為了他們出氣的這一刻，心中從九幽靈谷起始的任何芥蒂，早消失無形，當然也忍不住說到金獅子與金廚子，又各自悲痛起來。

正待謫仙人等將離開之際，一道強力咒術襲來，將一概眾人，全數壓制於無形領域，讓謫仙人等，一時之間，盡皆受制。

「敢在我這放肆，是真不把我『離殤十王』放在眼裡了！」

這離殤十王，道行數千年，各以閻羅為號，皆是大羅金仙境界，這一招咒術，是來自於「秦廣王」之罪人領域，入此領域者，全身受縛，只能任其處置，無還手之力。

這是來自蝕入靈心之枷鎖，無防備者，易入其道，故難以自行脫身，但這對於器靈而言，卻是無用。雖是如此，三器靈面對這十閻王，也無可奈何，於是楊定侯要他們先行隱藏，找機會再幫大家脫身。

沒想到剛出鬼門關，又進入了閻王地，心情萬般無奈。

只見一群骷殤小鬼，帶了拘魂鎖，拿下謫仙人與楊定侯之後，隨即場域一轉，竟似來到了審判之地，謫仙人與楊定侯雙帶枷鎖，逼跪於中央，兩旁獄卒整列，牛頭馬面，黑白無常，陰陽雙判，一皆俱全，中間秦廣王俯下高座，厲聲問道：

「罪人姓名，何人指使，有何目的？都給我一一道來！」

「哼，既不肯言，那口舌無用？左右刑官，將犯人舌頭割下，換上紙墨，若再不如實供來，將你十指盡皆穿針截斷，看你們招是不招！」

這回謫仙人與楊定侯，是遇上瘋子了，這些骷殤仗著境界勢力，將他們在冥界刑魔那一套，全數搬了上來，還各自取了相同名字，即分成十殿閻羅，依資格排名，序次為「秦廣王、楚江王、宋帝王、仵官王、閻羅王、卞城王、泰山王、都市王、平等王與轉輪王」。

謫仙人與楊定侯雖是憤怒不齒，但功力受制，只能眼睜睜看著他們肆意凌虐，這兩人之劫數，在一進入役魂谷時就已成定，是否能安全逃得此厄，似乎只能看天意了，因為他們還真的一點辦法也沒有。

第二十二回

實力

這時千鈞一髮，差一分一秒，都會是遺憾，一道擎天巨棒凌空強劈了下來，將這虛假的閻王殿，撕成了兩半，同時秦廣王之罪人領域，也被一陣遙遠的梵唱玄音所破。

這玄音來得快極，甫一聞若在千里，傾刻已近在眼前，悟空揮掉了謫仙人與楊定侯身上枷鎖後，如意定玄針形變數丈一掃，將一眾大小獄卒，盡皆揮上了天邊。接著陣陣尖厲長嘯，悟空一招「萬魔千厲吼」，令現場骷殤一眾，除十王之外，幾乎全部傾頹倒地。

此時更見天空中金曦耀目，如鳳凰之麗天，落下了漫天金雨，層層七彩慶雲青虹，伴隨一聲聲梵唱罄音，大智玄明尊者莊嚴現身，隨即實識玄音再啟，竟是「太乙法界領域」。

謫仙人、楊定侯與悟空等，於此領域境界越級強化，離殤十王則境界受制，終於在數刻之後不敵，欲將逃離，卻已是不及，這些縱橫白骨山數千年之骷殤魔王，終究圓滿應劫。

這就是玄明聖使的真正實力，至於他為何能及時救援，自然是早在楊定侯身上做了「識音回應」，玄明本就預感此行有事，故先行做了預防。

白骨山離殤十王盡滅，則此地勢力已然瓦解，荒城四大勢力又少其一，如今成為道門、釋門與儒門三足鼎立之形勢。

而此處玄明有意列為道門勢力，但怨氣沖天，冤魂集聚，所以經由謫仙人之建議，依陰陽八陣圖布置，將這處立為亡靈國度，讓遍地之冤魂，能得實際修行之處，同時也能成為道門隱密之基地。

這時白骨天牢之新六王終於現身，他們本來隱藏於地下，專心於生物武裝研究，一直對外面動靜不感興趣，直到這離殤十王已亡，才好奇地上來看看究竟。

玄明一見此六王，立即施以禁制，並直接打回本來，正是問坎六神器，一為凝血劍，二是妄魂鞭，三是靈魄斧，四為刑骨杖，五乃戾心槍，六是化神刀，這是神匠委託尋找之器，正可由楊定侯帶回神匠處，任其處置。

此事終告一段落，玄明又帶來了凝象九變「暴虎」的消息，在帶領五仙回程之時，特別吩咐了楊定侯那處高山環繞的猛虎山寨，需越過玄嶺，僅能從陸路，必經過白骨山那條「九傷十八刑」之山路，這九傷十八刑，是由白骨山啞口進入過玄嶺的唯一路徑。

這消息來自於「隱宗」，據玄明所言，幾乎可以確認。

這可恨的鮑龍，人面獸心，沒想到竟然對我下這種蠱毒！

這固定下午申時的躁毒，是越來越強烈了，嚴重到難以克制，都得用冰城之丹來抑制，照這情況看來，恐怕也支撐不了多久，解藥就在他身上，這叫我如何下這決定呢？我的一生清白，難道得毀在他這兒？

我的鬼使身分，只怕也是他刻意洩漏的，這鬼使的規矩，誰也不敢違逆的，但事到如今，也只能走一步算一步了，鮑龍肯定等著我去求他，真是可恨至極，要不是之前刺殺了聖使，我也能……也能去找苗姜師尊吧。

或許……他能原諒我的苦衷，不過就算不行，死就死了，也好這樣爛活著。

若是……能給我一個機會，一個將功贖罪的機會，這樣我必能真正的做回自己。

「我朱升，可是高老峰上的至尊，要我歸順於他，也得讓我瞧瞧他的本事吧？百顏兄，不是不給你面子，因為這可是我的原則，至於我與執星一族的過節，你也就別多問了，反正讓我看到了，就都得讓我拿來解恨。」

「這樣啊，朱兄，我想問問你有沒有飛得特快的手段？」

「問這個是瞧不起我了，我龍族縱天之名，可不是叫假的，一瞬間能飛好幾千里的，我倒是好奇了，你問這幹嘛？」

「沒事，就怕你跑得不夠快，這聖使的神力就把你折騰死了。」

「哈哈哈哈，說笑來了，要不請你那位聖使試試？」

「現在就要？」

「做得到的話，老朱隨時等候著。」

「那你別怪我喔！」

「當然。」

這話一說完，玄明聖使得到呼百顏的「識音回應」後，這朱升忽然間頭痛欲裂，腦袋上銀箍漸漸形成，也慢慢深入腦殼之中。

「這是怎麼一回事？」

「這是聖使對你的召喚，趕快飛過去他那，就可以了，這可是你自己要求的。」

第二十三回

聖魔

在道門荒城聖域總部觀霞嶺，已漸成氣候之時，青華聖人之另一極體，即幽冥至尊「執妄童子」，也針對陽界觀霞嶺與冥界之相對位置，立下了設定貞魔七煞總部之旨意，並責成晦藏魔皇全權負責。

這是因應陰陽兩儀相成相立之道，為求世界陰陽勢力之平衡，所做的決定。此觀霞嶺之幽冥相對位置，乃稱名為「邪鬼無界」，天然環境地貌與陽界觀霞嶺近似，而裡面也有龐大之邪鬼勢力佔據，晦藏魔皇需要驅逐邪鬼，方能達成執妄童子交代之任務。

晦藏在得知道門將立北地總部之計畫後，依其對道門智星之認識，確定道門遲早能夠達成目的，故對於執妄童子之旨意，早有預感之下，老早針對邪鬼無界進行了探偵。

也確知了單靠她的力量，是不足以驅逐這些邪鬼的，所以，晦藏魔皇尋求了陽界之道門合作，並提出了一個對彼此都很合適之建議，縱使未來大家可能終究要兵刃相向，但在那一天到來前，我們可以共同攜手合作，創造雙贏的利益。

而這條件，也立成條約，雙方共稱為「玄藏明晦條約」，主旨即在雙方正式開戰之前，皆在陰陽兩界上，共同協助彼此疆域上的發展，道門即專心於陽界，貞魔則用心於冥界。

這條約在道門勢力未及穩固之時，起到了相當大的幫助，而晦藏之意，即請道門幫忙這邪鬼無界之戰役。

玄明在晦藏的說明下，理解了邪鬼的重要實力之後，即與晦藏達成首次的合作協定，這是聖魔首次協力，算是創下了一個先例，之後世人將這特別的事件，稱為「聖魔之契」，而晦藏這種做法，其實也漸漸影響了整個未來聖魔之間的關係發展，而在未來最終之決戰，有了新形態之呈現。

與道門觀學方域呈陰陽相對位置之冥界區域，稱為「煉魔獄」，這是惡魔之領域，是有別於惡界之魂執七衍罪於冥界所佔領之疆域，將此區域轉變為貞魔領地，並設置組織機構，是邪鬼無界之任務完成後，執妄童子派給晦藏魔皇的下一階段任務。

晦藏與道門既有了共識，這回自然也是尋求了道門之助。

在過程中，出現了一位很特殊的惡魔，屬於執傲一屬，稱名為「歸妹」，她在與道門玄明一眾的爭戰中，傾心於楊定侯而執願歸順於道門，此事玄明依慧眼臨觀，也知是造物本意，故協力造作，使雙方終為道侶，這可是楊定侯未來尋回青陽子記憶之重要關鍵。

由此當知，惡魔歸妹其來歷，與當初聖魔大戰時，青陽子自毀元神後之經歷有關。

這煉魔獄中惡魔之強在惡界之上，故折衝許久，方得平定，而這也得依賴歸妹之功，總之，在這一戰後，貞魔與道門各自元氣有損，然而也因此，玄明與晦藏二人，漸漸成了不錯的朋友。

世上情勢的發展，往往出乎人之預料，青華聖人與執妄童子本為一體，其分化二極，乃是為了玲瓏欲界之永恆發展，當然在未來道路的演變上，成毀胤行之狀，乃是必然，殺戮爭鬥之勢，方得創新，然意義本固，形式卻可成變，即破與立，不一定為害侵，即聖與魔，非必須互殘，不如彼此共益之下，協和發展，戮力於陰陽兩界之道運時成，趁機去除雙方之隱患，如此將更為實際。

於是，執妄童子根據此情勢將來之變，立定了與陽界青華聖人並道門之相應態度，即於未來十年期之決戰，無限期展延，這發展，出乎十七天外諸聖使與深淵眾之預料，在驚嘆之餘，雙方對於青華與執妄這木行至尊之領導慧智與扭轉世局之能，皆給予了極高的肯定。

在與貞魔關係徹底有了轉變之後，道門於陽界之發展，自然也形成了極大的進步，總部觀霞嶺在苗姜與呼百顏之運作下，迅速地將道門實際門人，增加至數萬之眾，除了人才上大為增長外，經濟實力也有了充實，更進一步做了造城之規劃，這是針對荒城遺址的再建設計劃，預備再立這荒城以繁榮聖域。

此外神鑄——執星一族，也順利地移居至觀霞嶺，並於嶺內臨北之雪山地脈挖掘隧道，不僅是執星一族之所居，也成為觀霞嶺之另一處隱密出口，作為戰略，至為有利。

還有龍宮勢力，因龍吉公主之故，自然成了道門之同盟，而在青華聖人旨意之下，也成立獨立的自治區域，管轄範圍包含了整個翠湖，這同樣對於龍宮的發展，有著相當大的助益。

最後關於白骨山，這屬於道門之第二基地，外環依陰陽八陣圖所立，已順利衍成亡靈國度，中央地帶則為道門暗影與鬼谷之根據地，這範圍區域因無其他大勢力的介入，道門影響所及，已包含了幻離草原之魔鬼原與昇龍洞，以及過玄嶺近白骨山之疆域，這與觀霞嶺並預計建設之荒城，也都由青華聖人旨意，歸為道門之自治區域。

由此道門勢力漸趨興盛，儒門與釋門則相形見絀，因此，一股潛藏的波滔，又將翻湧而起，這回將是道門與其他聯合勢力之對決，影響所及，將定未來北地聖域江山，而道門卻只有勝利的選項，因為一旦失敗，所有努力都將盡毀。

這是即將出現的挑戰，玄明預計這番暗潮，絕不可小覷，故先與晦藏魔皇做了策畫佈計，兩人都認為，這會是陰陽兩界所有反對聖魔勢力之大結合，相形於之前取惡界與煉魔獄，都是更加嚴厲許多的大挑戰。

第二十四回

猛虎

猛虎山寨，位居過玄嶺西側，與前姤無聖使——陳桐之臥龍居，間隔一縱深百里之峽谷，此峽谷名為「斷魂峽」，峽谷內魔物強盛，是屬於生人禁地，但裡邊道器寶物的傳說眾多，是不少尋寶者覬覦之地，陳桐與這猛虎山寨常居於此，目的也是這峽谷的秘密。

這猛虎山寨規模，可說相當龐大，沿山路至總部「至聖峰」，需經過十八道隘口哨站，每哨站皆有百位以上人員顧守，這是因為山域魔物眾多，猛虎山寨為了維護山區安定而做的安排。

每一哨站由一位虎將帶領，統稱十八飛雲眾，加上天地雙將龍驤、虎賁，與首領暴虎，是具有二十一位強者，並超過萬名成員的山寨勢力。

要說猛虎山寨統治著過玄嶺西側這一片地帶，絲毫也不為過。

艮變暴虎，在明道至聖青陽子殞落之後，深信主人有朝一日必定回歸，所以隻身來到這過玄嶺，開創這基業，以預備主人將來回歸，能作為主人協力之用的。

二千多年來招兵買馬，訓練將士，未曾間斷，所以成就了這麼一股強大的勢力。

至聖峰頂黃金殿，猛虎形赫仰天高。
睥睨群山臨縱橫，過玄嶺上無斷魂。

這是江湖人對猛虎山寨的評價，在斷魂峽裡的魔物，本來就常出來打劫、擾亂山嶺居民部落，都是靠這猛虎山寨維持，千年來已漸漸安定，不再像之前一般危險了。

隱宗

荒城聖域南方之蛟龍幻離草原，在接近昇龍洞這一區域，稱之為魔鬼原，這裡有一個極為隱密的草原行軍部落，所處位置並無固定外，更因幻離草原之迷幻特色，配合他們的特殊術法結界，使得世人難以知曉他們的存在，自稱為「隱宗」，主要據點雖是以魔鬼原為主，但其潛藏與密偵範圍，卻是精確地遍及了整個聖域。

隱宗，專門販售情報的組織，其實也接手暗殺任務，是把情報暗殺做到極致的一個神秘組織。他們所探得的情報，絕對精確，他們要殺的對象，也必死無疑。

但特別的是，他們挑選客戶，而且主動接近客戶，會賣情報給真正需要的人，若要主動與他們聯繫，可說是做不到的，只有讓他們主動找你，而交易的方式，就只能隨意在任何公開場所，貼上你的目的，要是他們接了，你就會知道，不用署名，不需聯繫方式。

江湖上有一種人，相傳與他們有著密切關係，人稱「賒刀人」，所造神器與神鑄執星齊名，有著極不尋常的行徑，神出鬼沒，不能捉摸。

見於災劫，神器賦予。

預言造作，證信留申。

這凝象艮變——「暴虎」之消息，就是隱宗主動販售予道門的。

楊定侯配合著三器靈之強能，算是順利過了白骨山那條「九傷十八刑」，這一路上翻山越嶺，前往情報所指猛虎山寨，過程中，早被人跟蹤著，楊定侯維持謹慎，預想應為山寨之人，故不予指明。

到了地界，四個殷紅大字——「猛虎山寨」矗立眼前，再往前是條寬闊山徑，而這一環恰好是個廣場，並無巨樹襲木橫擋。

楊定侯只略一停頓，猛然一陣狂風來襲，已見一群山虎攔路，為首二位大將，自行報名龍驤、虎賁，看來威風凜凜，氣勢驚人。

「哈哈，到我猛虎山寨地界，總是得交些路費的，這樣咱不為難你們。」

楊定侯剛想解釋，旁邊劍靈已揮劍迎上，三人鬥了起來。其餘襲弱、無目看著有趣，也跟著上陣，這兩位大將，面對三器靈圍攻，竟絲毫不落下風，見五人皆是好鬥，不知停歇，楊定侯看了一陣子後，揮手喊停，說明了來意。

「勸你們別找死，大王他的脾氣不太好，我見你們還滿順眼的，所以勸勸你們。」

「你大王不會是叫『暴虎』吧？」

「噓，這是大王名諱，在山裡輕易叫不得的。」

「你不用擔心，就說家人來找他了。」

話剛說完，一聲猛虎天震，山中樹群隨之激盪，一道雷光夾帶厲風罡勁，轉瞬間欺近楊定侯，按拳便攻，一連虎夔十八環，式式霸道，招招驚險，楊定侯凝神應對，絲毫不敢怠慢，甚至逼得龍神現身。

這暴虎見狀，終於停手，隨即哈哈大笑：「果然是我的主兒，暴虎等你好久啊！你是劍靈、襲弱、無目，俺想死你們了！」

楊定侯到了這黃金殿，才知稱名黃金之意，整體為黃銅建築，在日曦照耀之下，閃閃發亮，金光耀眼，裡面佈置相當簡約大器，殿內中位三張虎座，分王位與輔、相，兩列左右各十張大椅，照二十位領將位階排列，虎座後方寫著「替天行道」四個大字。揮灑剛勁，縱橫有力。

眾人歡喜閒聊，暴虎熱切介紹，並述說這山寨建立過程，他與寨中諸將，皆有結拜之義，可謂深得眾心，又特別介紹了他的兩位幕賓，是幫他建立這寨裡規模制度的最大功臣，一位是凶屬「姚公」，另一位是骷殤「石磯」，兩位實力，皆可稱上智勇雙倫。

暴虎既已確認楊定侯為主人之轉世，遂想請楊定侯在此主持大局，現在又有劍靈等家人齊聚，正好在這亂世中，開闢一番江山，亦可作為聖人之臂膀。

此亦合楊定侯心意，但他有著完整尋回九變以及前世記憶的計畫，遂請玄明聖使安排，將猛虎山寨納入道門組織，這讓道門再立下一堅實基地，大幅增加了道門實力。

第二十五回
引能

荒原宇宙之靈子修真，即在靈心識核之進化與覺醒，這是藉由「經藏」所論術法以成引能之方，再透過藉體運作以成實際修行，這在玲瓏世界中，大都是以太玄道經之論述，為修煉準則。

太玄道經之修煉，依靈子境界程度而循序漸進，總共分為三階段體系，每一階段之體系修煉，必配合相應之道術與武藝功法，甚至武裝神兵與道器，以作為靈子修行後之實證。

第一階段體系稱為「乾極靈御」，依序分為六御——「太玄論德經、太玄化能經、太玄易能經、太玄明德經、太玄創儀經、太玄政儀經」，皆各分七重境界。此六御相應藉體六識，稱為「引識入道」，必在熟練之後自然衍生體悟，其引能境界七重如下：

六御第一、太玄論德經

相應藉體六識之眼，為易道之離象。

- 第一引能境界：拳法——彌縱六行，配合道器——指虎。
- 第二引能境界：眼法——透地藏，配合道器——明珠。

・第三引能境界：掌法——穿雲十八式，配合道器——手套。
・第四引能境界：腿法——天地縱橫，配合道器——足靴。
・第五引能境界：陣法——子午雙刑陣，配合道器——陣旗。
・第六引能境界：眼法——八方無藏，配合道器——明珠。
・第七引能境界：劍法——造天同人劍，配合道器——單手劍。

六御第二、太玄化能經

相應藉體六識之耳，為易道之坎象。

・第一引能境界：槍法——玄洌龍槍法，配合道器——長槍。
・第二引能境界：暗器——子午離合針，配合道器——暗器。
・第三引能境界：掌法——波幻神迷掌，配合道器——手套。
・第四引能境界：鞭法——靈蛇縛，配合道器——長鞭。
・第五引能境界：拳法——破形崩離拳，配合道器——指虎。
・第六引能境界：陣法——噬能玄法陣，配合道器——陣旗。
・第七引能境界：劍法——創世問生劍，配合道器——單手劍。

六御第三、太玄易能經

相應藉體六識之鼻，為易道之巽象。

- 第一引能境界：劍法——九轉玄陽劍，配合道器——單手劍。
- 第二引能境界：掌法——北冥化虛掌，配合道器——手套。
- 第三引能境界：暗器——無蹤影刃，配合道器——暗器。
- 第四引能境界：劍法——五情御心劍，配合道器——雙劍。
- 第五引能境界：拳法——斷嶽八刑，配合道器——拳套。
- 第六引能境界：鞭法——靈蟒神御術，配合道器——長鞭。
- 第七引能境界：陣法——如來定法陣，配合道器——陣旗。

六御第四、太玄明德經

相應藉體六識之舌，為易道之兌象。

- 第一引能境界：劍法——乾坤穿雲劍，配合道器——單手劍。
- 第二引能境界：槍法——幻龍九式，配合道器——長槍。

・第三引能境界：法陣——曼陀御法陣，配合道器——陣旗。
・第四引能境界：劍法——紫青御龍劍，配合道器——雙劍。
・第五引能境界：鞭法——九節忘情鞭，配合道器——九節鞭。
・第六引能境界：腿法——八荒，配合道器——足靴。
・第七引能境界：陣法——天命之罪，配合道器——陣旗。

六御第五、太玄創儀經

相應藉體六識之身，為易道之震象。

・第一引能境界：劍法——七巧玄女劍，配合道器——單手劍。
・第二引能境界：陣法——冰凝陣，配合道器——陣旗。
・第三引能境界：陣法——熾炎術，配合道器——陣旗。
・第四引能境界：術法——明心約孚術，配合道器——道珠。
・第五引能境界：劍法——神舞御心劍，配合道器——單手劍。
・第六引能境界：術法——忘心定魂術，配合道器——道珠。
・第七引能境界：棍法——瘋魔杖，配合道器——杖、棍。

六御第六、太玄政儀經

相應藉體六識之意，為易道之艮象。

- 第一引能境界：暗器——兩儀非刃，配合道器——暗器。
- 第二引能境界：棍法——雙飛，配合道器——雙節棍。
- 第三引能境界：拳法——幻離拳，配合道器——拳套。
- 第四引能境界：陣法——九玄離合陣，配合道器——陣旗。
- 第五引能境界：陣法——極焰陣，配合道器——陣旗。
- 第六引能境界：鞭法——刑無鍊，配合道器——鎖鍊。
- 第七引能境界：槍法——絕地，配合道器——長槍。

第二階段體系稱為「坤實道御」，依序分為六道——「形壯道、滅行道、崇明道、咸亨道、康益道、頤生道」，各道分七重境界。此六御同樣依序相應藉體六識，其引能境界，諸如撼山掌、金剛陣、拘靈陣、金剛不壞身、子衛陣、定明術、循空術、魂滅指、千幻掌等等皆是。

第三階段體系稱為「無思行御」，依序分為六行——「蹈成行、明困行、解阡行、升旋行、勞券行、定狐行」，各行同分七重境界。同依藉體六識入道，其引能境界，則有盤古回天陣、七殺滅形術、鬥體術、獄冰陣、八門金鎖陣、走靈術、飛天術、鍛體成金術、虛空瞬移、太玄厲生掌等等之類。

以上即修煉太玄道經，所成藉體引能之法，藉由個人修煉之體悟不同，各境界與武藝功法所得，又將有不同之衍生變化，即如每一境界之引能，都個別具有九重之階段，即如楊定侯之玄冽龍槍法僅為初階，其上更有悍雷龍槍法與熾凝龍槍法，能達到哪一層次之高深境界，自然展現之實力會大不相同，這都是由靈子自行積極用心，方能真正實成。

這修煉經藏所得藉體引能之變化，就是個人實力之具體展現，雖各由藉體所別之六識入道，但條條皆是至真；步步皆成至道，若能悟達「道之領域」，則階段體系之順序，皆不為障礙，蓋道本如一，如一既得，貫之而已。

如大智玄明尊者之七星寶識，即達道之境界，如何運用，存乎一心，故形式無拘束，其強能，自然也能無所限制，這是他能輕鬆勝過那群閻王之理由，也因其強能在手，道門之發展才能所向無敵，然而若存心約束，則又不可得矣。

這就是造物特別磨練玄明心志之理由。

我們的人生，同樣如此，切莫執心拘束，而限制了自己發展的可能，發現前路艱難，必知未道正義，而能修正思行，這就是人生輪迴歷練，所能給我們的體驗與智慧。

第二十六回

正義

這「義門」的組成，雖稱隸屬精靈，但其實是由各種不同族群融合在一起的生活部落，多數為精靈屬之飛天族，也有不少其他精靈之屬，以及神族龍族、幽幻凶厲一屬，甚至是造化之人族。

這也就是義門立名由來，算是由志同道合組成，而不論其種族，一律都能接納的。

背翅雙魔翼，勢角無邊際。
舉目驚魂險，誦音斬魄形。

這是用來形容義門首領——「鮑龍」，屬於飛天族之魔相種，他的型態樣貌，魔王氣勢，相當威嚴。

表面上這義門勢力，屬於儒門之分支，實際上為鬼使暗殺組織的一環，這鮑龍主導這鬼使分部，在儒門中，算是功績極高的掌櫃。

據說於世界中，鬼使分部總計有十九，多以各種江湖派門來作為外在形象，而在聖域，僅有兩處，義門是其一，另一處，目前無人知曉，就連鮑龍，也不清楚。

鬼使予人的形象，與同屬暗殺組織之隱門，倒是天差地遠了，若說隱門代表亂世下的無奈正義，那鬼使則是邪惡之觀止。

在得知華貞遭遇後，苗姜仙吏眼眶噙淚，心疼地將她緊緊抱住，對於苗姜而言，華貞本就如她的親孩子。

但對於她刺殺聖使一事，她也不能徇私，該如何處置，完全得交由玄明決定，雖然苗姜認為聖使度量寬宏，也不敢隨意猜測，但要能徹底解決華貞所面對的問題，尤其那至情蠱，這問題求助聖使，可能也是唯一的道路了。

抱持忐忑不安的心情，苗姜帶著華貞，與玄明說了一切原委，正欲再言請聖使幫忙，玄明已早一步應承，並以事至已不容緩，帶著悟空、善才與苗姜、華貞，出發前往義門，同時又以「識音回應」交代正在猛虎山寨的楊定侯，速往義門幫忙。

玄明知道要能快速解決，只有展現絕對強悍的實力，目標既是鬼使這組織，那麼任何溝通折衝，都只是浪費時間，完全不切實際，更可能讓主謀趁機逃遁，那可就真來不及了。

所以在華貞確定鮑龍尚在義門之時，依靠華貞獵蹤之能，直接掌握到了鮑龍的行蹤，但不知為何，鬼使成員齊聚於正殿，不似任務派遣，倒像是準備出戰一般。

這造成他們的目的大幅加深了難度，原本鮑龍若是獨處，必能快速拿下，逼他交出至情蠱之解藥，現在要能做到，就得同時面對這群鬼使，而鬼使的能力，可都相當高強的，至少在暗殺部分，令人防不勝防。

在一番考量之後，決定先觀察看看，尋找適當機會。但在苗姜運用觀音之能，探聽鮑龍與鬼使間的對話後，驚訝地發現，原來他們行蹤已被人掌握，這些鬼使是特地被要求來保護鮑龍的。

「哼，還當他是武林至尊不成？憑他們這小貓兩三隻，也敢來我地盤撒野！」

「這道門聖使，就是玄音厲害，其餘也不算什麼了。」

「呵呵，就憑他那領域，或是在惡界的手段……要是他一動作，定讓他驚訝自己的無能。」

「話是如此，也得提防他身旁那隻猴子，當然我心愛的華貞，也是得注意她的手段，但我可不許有誰傷了她。」

「放心，她由我們三位負責牽制，保證給你一個完整無缺的，連刀痕也不會留下一點。」

「另外那個仙吏，號稱千手的，就由俺來好了，俺喜歡那種味道的，說好了，她可是我的。」

「各位，承蒙仗義相助，但請各位先行做好準備，說不定這貓兒……早就盯著這了。」

這些人口出不遜，滿嘴髒言邪語，也都算死有餘辜了。內中鬼使大約四十幾位，估計這鬼使分部的強者，全數都已到位，但剛剛他們信心滿滿的對話，的確也是讓苗姜與華貞憂慮了。

玄明仍是一如之前，表情沒有任何異動，似乎對於鮑龍他們說的，並不在乎。在確定楊定侯即將到來之後，玄明首發玄音，將一整座鬼使正殿，結界於他的領域之內，這是防止鮑龍有任何方式逃跑的萬全之策。

「哈哈，來得好，終於按捺不住了嗎？老子今天正好抓你這道門聖使，回去請功領賞！」

隨即四周寶器光華顫動，四道霓虹化龍，隱入了玄明這領域結界，並開始噬奪施術者之魂能，使玄明這領域，剎時間消失大半，而虹龍噬能之勢並無停歇，已鎖定玄明，朝他這方向直撲而來。

此四龍動作迅疾，眼看不避，苗姜出手欲截，已是不及，只聽得一聲大振，四龍同時撞上金蓮，不斷衝突著，此時玄明不理會，仍舊保持開設領域之模樣，鮑龍等眾一見，皆譏笑不已。

隨後悟空拎著黑頑，跳下觔斗雲與眾鬼使大戰，遇上二位鬼使夾擊，一使大砍刀，一使靈蛇鞭，默契絕佳，配合得恰到好處，竟能完全牽制住悟空，悟空野性大發，一陣狂吼，舞動金箍橫掃，卻也是被這二位一一擋下。原來使靈蛇鞭的重在施術轉化，大砍刀負責接招化勁，讓悟空所施展的強能，不到十分之一。

苗姜與華貞同時上陣，但如同之前所聽聞，苗姜受制於一位壯漢，華貞則是受到三位鬼使連袂圍困，就連窮奇，也難以出手。

這些都是根據他們的能力招式，所做的設計應對，所以一切，盡如對方所料，玄明一行，似乎已在危機之中。

見這玄明護身金蓮，已陣陣碎裂，眼看玄明神情肅穆，額上斗大汗珠若如雨下，而苗姜、華貞與悟空，也已到精疲力竭之狀，眼看即將不支倒地，鮑龍一眾狂笑不已，正欲收工，將玄明等一概拿下。

這時一聲猛烈虎嘯，震碎了眼前的一切幻境……原來，這玄明仍是好好地端坐佈置領域，而苗姜與華貞他們，皆立在身旁絲毫未動，適才那些場景，只不過是玄明領域所造出來的幻象，但是已讓他們消耗了大批元氣，原來剛剛打的，都是他們自己。

而這虎嘯聲，當然是暴虎來了，隨著楊定侯一到，玄明聖使不再留手。

「就讓你們見識一下，何謂真正道之領域？」

印心正義，如觀造化。

居臨此界，唯我無敵。

玄明說罷，再一次轉變領域之後，鮑龍各個實力境界皆受壓制，武藝術法能實際的不到半成功夫，四十餘位強者，縱橫聖域多年的鬼使，今朝一齊撲滅。

留下鮑龍，要他交出至情蠱之毒時，不意外地，得到此蠱並無解藥之答案，華貞憤怒地將鮑龍手腳撕去一半，這鮑龍只是陰笑，認為就算他死，這美人華貞也得陪他赴幽冥。

只見玄明搖頭嘆息：「本不欲使這方子，無奈你冥頑不靈，只好拿你的魂識做藥了。」這做藥之說，是噬魂化能之法，玄明推測蠱毒若無解，必然是聯繫於魂識，這與靈繫之義相近，故只要破壞這魂識，則蠱蟲無主，不能潛藏，再用寶識驅邪之法，就可以得到全功。

就在鮑龍驚愕之下，玄明將他之靈驅還於無形天地，鮑龍要再重生輪迴，已是不能，這是他完全沒設想到的結局，而華貞也在玄明寶識除邪之下，將那至情蠱毒，驅除地一乾二淨了。

第二十七回

骷殤

白骨山鑄靈居，神匠高丙找回了問坎神器之後，俟其器靈，復還元神之後，將他們送至道門總部觀霞嶺請罪，並以這六器靈秉性相類於自己，皆熱心執著追求於武裝道器研究，請求玄明讓他們留在道門將功贖罪，更可以配合道門神鑄執星一族，將來或許能有意想不到的發展。

玄明承諾後，以寶識之功，作為約束，就讓問坎六位，參與了道門神鑄之研究。神匠高丙作為答謝，臨行前提供了一則秘密，這是取得鑄靈正法之訣竅與必要材料之出處，其實這也是高丙在得知了楊定侯一事後，希望道門能盡速發展，方有能力協助青陽子回歸，而選擇的幫助。

因為在青陽子回歸的路上，不僅僅是找回記憶而已，而是必要尋得遺骨，才能進行第一步，而這遺骨，單靠楊定侯的條件，是完全無法取得的，這是神匠他多年鑄靈經驗，所探知的結論，其實若當時青陽子不將主意識化入遺骨，恐怕是無法輪迴重生的。

鑄靈之術，須配合骷殤之骨，以定魂之能，復清淨之術，依畜其道，正衍靈識，而究竟化功於器，此器受道化滋養，聚太極於器骨，橫煉一千八百轉，附置兩儀，豎冶一千八百回，由此經綸立定，八方垠成，則道能匯聚，積累有時，必覺自我，此即器靈化生之道。

而能為煉器之骷殤正骨，最適當的地點，就在幽冥鬼界，骷髏山白骨洞。

冰龍朱升變化成玄明，被拘禁在一顆大型圓珠裡面，吊在這白骨洞大廳正中，白骨骷殤——怨姬與其餘二姊妹，桃狐媚仙——白雪與玉石琵琶——王嬌，三妖正熱切討論著如何分食聖使魂靈，咯咯笑得一整片妖聲。

「姊姊，我們一旦升了境界功力，就再也不怕那個渾蛋了。」

「嗯，到時……我真想反過來食了他。」

「把他分食也好，可以出出這幾百年來的怨氣，順便收了他那堆徒子徒孫。」

「那種不男不女的蜘蛛，實在令我噁心死了！」

「姐姐我看這『定魂珠』內的聖使，應該差不多可以分食了，不如別挑良辰了，就現在，來與他合體交魂吧！」

就在這時，鬼卒來報：「洞外來了位人物，我們不能阻擋，已經朝這邊殺過來了，眾人被他兵器一掃，直接魂體壞離，根本不能與他對招！」

「哈哈，白骨洞裡就是白骨精吧，俺老孫超渡你們來了！」只見一潑猴，手拿如意定玄針，耀武揚威，目中無人。

這氣得三妖破口大罵，早知趕快分食，也不用碰到這潑猴前來攪局。三妖急躁憤怒，各使出兵器法寶，對這悟空圍攻了上來。

這三妖果真強悍，三個輪番上陣，與悟空僵持著竟不分上下。

「這潑猴力道真大，震得我手腕麻痺發疼，還連到心口上了。」媚仙捧著心口，祭起奪魂媚術，殷勤地催動起來，這猴無情至極，哪裡能對這些動心，火眼睜得老大，萬般不屑，重重一棒打下，只可惜千年修行之功，被這棒打得魂飛魄散，元神散離。

這媚仙本該栽在老孫手裡，那時悟空在廣寒湖邊溫馨地泡著溫泉時，看到的白骨洞就是這媚仙居處，看來終究是逃不過這「天意」啊！

白骨怨姬見其二妹死得隨便，一股怒氣衝了上來：「可惡的潑猴，竟敢壞我妹子！要你知我手段！」

一瞬間，一群「噬魂蝶」漫天湧出飛奔，雖說是蝶，速度極快，轉眼已到悟空跟前，這悟空難以對付，身上猴毛，被燒得零碎支離，怒棒飛舞，也不濟事，只好四處奔逃，悟空邊逃邊罵道：

「你這朱升，還不快來幫忙！師父要你我把這事幹齊了，卻只有我在拼命，再不幫忙，一定在師父面前說你，至少給你下個咒，讓你爽快一下！」

「唉唷，俺睡得正香，吵我做甚，這三隻小妖，也值得俺出手？」

「你我等等大戰三百回合試試，看看誰比較強，老孫輸了，就換你作大，現在是這莫名其妙的東西，搞得我應付不了，你不是吐氣成霜嗎？快來試試！」

「喂，真沒禮貌，是吹氣成冰好嗎！還成霜哩，把我的境界都說掉了！」

只見定魂珠一陣翻騰碎裂，朱升現出原形，對這一群噬魂蝶，就是一陣吹息，果然正是剋星，這一大群，瞬間盡成冰雕。

「好啊，原來竟是用變化欺瞞我姊妹，既然如此，那就一起給我去死吧！」悟空、朱升腳下，忽然現出轉移陣，二傢伙沒有提防，讓這陣給轉移過去了。

整座大廳，僅剩怨姬與王嬙，二妖看著媚仙屍體，著實後悔。不過既然把那潑猴冰龍送到他那邊去了，不管誰贏，也都能解氣。

三妖平靜偷裡閒，覬覦聖使魂魄仙。
哪知迎來真煞客，舊巢翻新已難眠。

一陣幽光過後，悟空與朱升來到一處地底洞穴，兩人仔細，正是疑惑。

「這邊莫不是傳言中的森羅地獄？」

「哪是啊！」朱升提著十分精神，謹慎地打量四周動靜。

「不然這整堆整堆的白骨是怎麼一回事？」

「噓，小聲點，我們被包圍了，這地方恐怕是……」

「有屁快放，還賣關子！」

「生靈禁地——十里無魂蜘蛛穴，這巢穴魔王，我僅聽聞其名，是不下於我的存在。」

「還不下於你勒，留給你去打就好，還緊張個什麼勁？」

「你不知道，他的徒孫多了去的，如果我們運氣好，他剛好不在，就有機會安全逃離。」

「若他在呢，就只能想辦法打死他了。」

「嘿嘿……哈哈，那就由我老孫來吧！」

「喂，我是老孫，人人稱我孫行者，叫你們老大出來，不然就把這邊全翻遍了！」

這朱升大驚失色，不停埋怨這潑猴不知死活。

只見眼前一群群蜘蛛精，眼睛閃爍，有如千軍萬馬之勢，開始從各處洞穴中蜂湧而出。

「這種場面交給我。」喝了一聲：「黑頑變長！」隨即一股棒子橫掃，這些蜘蛛不堪被砸，魂體壞離，紛紛掉出識核來，這猴見狀，玩心一起，一腳一個啾啾地踩個不停。

「我說別踩了行不行？」

「為什麼？這挺好玩的。」

「那些都是我的兄弟，快別踩了！」

「與老孫無關，有本事就來阻止老孫，你聽聽這踩下去的聲音，啵啵啾啾的，真有意思！」

這出聲的魔將氣得渾身血光大振，一道細絲如光束般急速穿了過來，老孫躲避不及，被這蛛絲迅速纏繞全身，一層一層，轉瞬間已被綁得動彈不得，接著如死豬一般被吊了起來。

「你看，這不沒戲了？勸你又不聽。」

「嗚嗚嗯嗯……少廢話，還不快把我救下來！」

「你會有點痛，忍著些喔，哈哈！」

「喂，你是要自行投降，還是像他一樣被我綁起來？等我王回來，就別想活命離開了！」

「這妖怪說話真不計較邏輯，是不是我要投降了，就送我離開啊？真蠢！」

朱升再次轉換真身，向這洞穴四周，施展大範圍的龍之吐息，將整個蜘蛛妖精，連帶這潑猴，全都冰凍了起來，帶著悟空，遁出洞穴之外了。

「對了，師父交代的東西，到手沒？」

「當然，你把我冰起來的帳，往後會算的。」

「那是為了救你。」

「是嗎，你本事不只那個吧？」

「是啊，我得低調，保留一些，不然怎麼在這江湖生存呢？」

「……先來個三百回合吧，看我不一棒揍扁你！」

第二十八回

暴女

「我說，我們這師父，可真是輕鬆，老出一張嘴，我倆就得為他東奔西跑，想想我之前在高老峰的日子，可逍遙快活多了，哪這麼多使喚？」

「一路上聽你嘮叨，還真沒停過，難道你是婦人家嗎？」

「婦人家？俺是冰龍好嗎？俺就是看不慣有人，就是一張嘴。」

「這個你在他面前說說，不就了得？勁嚼些沒用的舌根。」

「你看、你看，你也不服氣對吧，這回我們一起說說，好歹也要個酬勞，我可不願做白工！」

「你要什麼酬勞，你家業不挺大嗎？」

「大不大干你甚事？會有人嫌錢太多嗎？」

「我記得師父要將你那些東西，拿去給神鑄用的。」

「唉，這個師父就為我了，沒有全部拿過去，而且也用了課金買下，算不給我吃虧。」

「原來你也知道師父對你好。」

「唉，總之……師父幫我解決了那問題，我自然也得上道一些。」

「你那是什麼問題？老是神秘兮兮，連老孫也瞞。」

「算了，看在你我兄弟份上，就跟你說吧，那是我的一樁姻緣，被那執星一族壞了，所以我找他們出氣，結果是我誤會人家。」

「那……現在你那姻緣呢？」

「哈哈，就住在執星那裡，她要我把事情辦好……再說。」

「咦，你是不是臉紅了？真是噁心。」

「臉紅怎的？礙著你啦？」

兩人奉命前往無魂草原收集「定魂草」作為鑄靈之用，一路上，是一番新景色。

雪山縱橫，寒冬經年，奇花異卉，北國唯觀。

荒城寡跡，絕妙天然，如夢離幻，沙海蜃樓。

「之前你去的義門，位居廣寒湖接雪山山脈這一帶，現在這邊已接近南方過玄嶺，這兩條山脈在此處相對，恰好形成一道天然的出關口『幽峽谷』，由這關口再往西出『望星峽』，就是荒天地獄了，聽說釋門就在裡邊那個面對荒天地獄，位在雪山山脈與千針嶺縱走交會之小山脈圍繞的一處高坡地。」

「沒想到你知識量挺豐富的。」

「這是當然，我好歹也是雪山至尊啊？」

「至尊別亂加，你實力不足，會死人的。」

「你還是太小看我了，找一天，讓你知道俺的真本事。」

悟空與朱升站在這處草原上，也覺得這冰天雪地上的這般風景，其實挺好，有助於心情，再往遠處一觀，整片花海，美不勝收，撲面而來之花香味，有些雖是奇特，不能適應，但有些卻是極其芳美，簡直能醉上心頭。

「朱升，前面這群野花，有些古怪對吧，聽說這邊充滿骷殤邪物，老孫先過去看看究竟。」

「這潑猴想什麼呢，算了，採定魂草，也一定是在花笑子那一群裡的，把它們攪動了，才好找。」

悟空遁上觔斗雲，快速地在這遍地野花上面巡視了一遍，心中已有計較，找了一處落下，大喝一聲，黑頑翻動，這邊叫叫，那邊嚷嚷，連番幾次，惹得這一群野花，瘋狂似地朝孫行者奔了過來。

悟空想的，就是純粹嚇嚇這朱升，卻不知朱升不屑地說他幼稚，他可是冰龍，對這些花笑子，絲毫不必看在眼裡。

這些出了名的「花笑子」，在這北方接近無天敵般的存在，真是繁衍茂盛，種類比起華梵皇城，更是多了奇特種類，比如花香醉人的「戀人香」，這種花笑子，一點也不邪惡，還很是美麗好看，只是它的香味，聞久了，會讓你沉醉到不再甦醒。

悟空舞動黑頑，躍上躍下，如若不敵，邊打邊跑，將這整群花笑子慢慢帶進了朱升之處。

「要搞笑，適可而止啊！這邊留給你，我去採摘定魂草，看你這猴子，也只曉得要玩。」

悟空看這朱升，一點也不怕花笑子，倒是有些納悶了起來，不是說冰龍一族，最怕這種了嗎？善才師妹，應該不會亂說吧？

「師兄，那二師兄朱升是冰龍一族，最怕花笑子了，你跟他去，得多幫幫他。」我記得她是這麼說的啊。

其實這是因為玄明要派這任務時，悟空鬧脾氣不去，所以善才就跟他這麼說了，這猴知道沒他不行後，也就喜孜孜地跟上了。

這猴搔首抓耳，不得其解，想想他一身功夫，上天下地，縱橫陰陽，這兒只是區區魔物，還派他來做甚？隨手拎著黑頑，無聊地掃著地上的花笑子。

這時一道黑色迅雷，突然對悟空襲擊了過來，這猴連忙閃避，手臂上吃了一記，睜開火眼一看，竟是條玄鐵鍊，循著來處，看見一個全身罩滿黑布，雙手拿著鎖鏈，背上一支大砍刀，長髮垂至地面，五官隱約看得，青鼻如長形鷹嘴倒鉤，闊嘴如沼澤荒鱷尖牙，正笑嘻嘻地看著悟空。

「掃這些花笑子有趣嗎？不如陪我玩玩吧，要玩到死為止喔，嘻嘻……」說完直接奔了過來，也不知她如何移動，雙腳不見落地，簡直就是幽靈。這鎖鏈就如毒蛇亂竄，又似幽魂索命，突然憑空出現，又從眼前消失，悟空一時不知如何抵擋，遂連擋帶跑著，追逐了起來。

「這瘋婆子，怎麼就對老孫這麼感興趣呢？」

這位正是惡界魂執七衍罪之一的執怒——暴女，她在離開惡界之後，獨自跑到這兒，與這些花笑子為伍，這一大群的無魂魔物，恰好提供她無數的發洩對象，今日發現悟空，自然就不放過了，只是朱升剛剛跑得遠了，沒有遇到。

暴女掄著玄鐵鍊，一陣陣桀桀狂笑聲中，追得悟空在花笑子中左躲右閃，悟空本身境界就不比這暴女，花群中也不好閃避，終於在一番追逐後，被暴女手上這玄鐵鎖鍊牢牢地綁住了。

「這潑猴，你還想跑哪兒去啊，啊哈哈哈哈！」

「哼，要不是妳這東西鬼怪，老孫能怕妳甚？若光明正大的，就讓妳嘗嘗我這黑頑的厲害。」

「你這樣子……哈哈哈哈！看到你這棒子，讓我想起來了，我說齊天大聖啊，枉費你這名號那麼響亮，現在是讓我打著跑呢，真沒想到二千年不見，你是一點長進也沒，說不定是退步了，唉，真同情你，要是我，我應該會氣得自殺吧！」

「我可不是齊天大聖，那傢伙是誰？老孫肯定比他強多了。」

「你不是他？別說笑了，老娘跟他打架那麼多次，就算化成灰我還是能認識的，當初被你逃了，這回當然要繼續將你往死裡打囉，不過你這次表現真是無趣，看來功力真是大大退步囉！」

這猴氣得齜牙咧嘴，苦在全身受制，一股氣不知往哪發，從被玄明強收為徒開始，這猴就處處不順，一點也不如意，如今又被這瘋婆子嘲笑不長進，簡直是對他兩千年來摘星湖底磨練的羞辱，這猴暴怒之下，一切都不管了，一式瘋魔變化，雙眼已全化作血紅，這是悟空不要命的絕招，必是不死不休，一聲「萬魔千厲吼」，震得這暴女，退了好幾丈，連帶綁縛在身上的鎖鏈，也一時鬆開了。

「你這潑猴，竟還有這本事！」

暴女拿起手上大砍刀，這是她專門用來對付齊天大聖這金剛不壞體的。一刀砍下，沒想到這潑猴硬接了此招，隨即雙手翻抓，直接往暴女上身撲了過來，這蠻勁與實力，與剛剛簡直判若兩人，暴女一怒，狠勁亦來，兩人竟扭打在一起，甚至撕咬技巧，也用上了。

「哈哈哈哈，妳這瘋婆子，今天就給我死在這！」

「哼，這樣就要拿我性命，簡直天方夜譚！」

悟空不搭話，掄起黑頑，叫他變小，小到似針一般，再往暴女身上砸去，然後要黑頑再變大，直接把暴女撐破為止。

暴女首次著慌，變了身型，化作數百隻黑鴉飛去，卻見黑頑變得巨大，被悟空一陣旋棒，將每隻黑鴉都打了下來，接著一陣亂棒腳踏，終於讓這暴女徹底死透了。

暴女所說齊天大聖，實為釋門一員，早在聖魔大戰時身亡，他也是持一支鐵棒，只是他那支鐵棒並無黑頑變化，所以暴女在誤認悟空之下，死於黑頑意外變化之下。

第二十九回 勢界

這荒城聖域，分別陰陽二界，有著多股勢力維持著表面上的均衡。

這些勢力隨著時光遷移，自然產生了消長，尤其是皇城道門勢力的介入，在連番攻克惡界與白骨山兩大原本勢力之後，緊接著又納入了猛虎山寨與龍宮勢力，這樣的發展，嚴重影響了原本的均衡態勢。

使得剩餘之釋門與儒門，擔心道門終究在未來會嚴重影響自身的發展，於是聯合起了其他隱藏勢力，準備做一次勢力疆域的劃定，這不僅止於陽界之聯合，也包含了幽冥諸多勢力。

幸好道門早與貞魔契約同盟，否則面對這一股陰陽界之狂瀾暗潮，道門是難以匹敵的，更何況，道門如今也只是玄明等超強者維繫著，其餘的等階，與當時之對手相較，其實都算是不足的。

在這些對手中，在陽界，首要的就是儒門與釋門之勢力，而在冥界，則有八識王與惡魔、骷殤並邪鬼，這些勢力能進一步做統合，主要還是在於「玄藏明晦條約」的簽訂，這讓陰陽兩界之其他勢力，有了極需自保的危機想像。

寧為雞首，不為牛後，是靈子執心的通病，能為自耕，擁田一畝，也是充足自在，但心是不易滿足的，尤其在曾經擁有權勢之下，如何歸於平凡，是多數人不願意放下的。

道門與貞魔之願，其實盡在世界之和平與永恆發展，只是在這種正義大旗之下，並沒有多少人願意執信這正義之誠心，於是心坎不斷，疑惑自生，終究還是相敵矣，道門與貞魔之難，與人間欲推行大道之困境是一致的。

陽界——儒門

總部「衢天儒教」位於雪山縱走支脈，盜靈山之深處，位於荒城聖域西北方位，義門與之同方地，為儒門之門戶。

儒門總部之組織，以「天之聖使」十二明儒為執事領導，以「尊儒飛天」之十三飛天眾，為策計謀略單位，以「幽隱鬼使」眾星，為情報探偵部門，並用來執行秘密任務。

十二明儒皆達大羅金仙境界，分部世界各處，長期負責總部的三位天之聖使，其一名為「帝清」，一為「無師」，另一位為「問禍」，實力可謂最強，無師領導飛天眾，問禍總理鬼使，勢力遍及玲瓏世界，其下門人徒眾數十萬，遠非道門能比。

在義門被玄明一行清剿之後，隱匿於聖域之另一鬼使分部，迅速收到了新的命令，而後儒門派人接手了義門基業，表面上似無不尋常。

陽界——釋門

西極之「敦煌」僅為釋門於此荒城聖域之分部，位於千針嶺上高峰群之山腰處，地點隱密，遍佈結界，外人僅知大略，不得其門而入。

環山設計，有十三大建築群落，號稱儸大，前面所認知之「儸大護法十衛」，僅是最外層之十衛，實力最低，最內層同稱十衛，但境界皆成大羅金仙。

掌理此分部者，統稱「釋僧」，皆循法號，一名「三捨」，一名「不求」，另一名為「無心」。

釋門以傳教為要，基本上不問世事，但門內之人不設拘束，輔正循邪，各有因果，為惡行善，各依障緣，釋僧皆無分派指新，所以釋門之勢力，最屬游離。

世界教眾近百萬，可稱世上第一大教派。

幽冥界——八識王

「異族、慶族、赊族、困族、悍族、密族、太族、血族」等幽冥界八族，統稱為八識王，這是靈子居於幽冥所形成的自我防衛組織，其中除了慶族已歸附於青華聖人之外，基本上與其他幽冥界勢力，皆屬非敵非友。

這八識王以王族稱尊，治下組織如同皇朝，分別左輔右弼，將軍統帥，境界皆是高深，軍力都是強悍，其中困族勢力最強，與貞魔較屬敵對，算是最有影響力之識王。

幽冥魔界——惡魔

幽冥魔界，處於幽冥之最深處與最隱密處，整個幽冥，都有魔界之存在。

這惡魔之形成，如同靈子之煉蠱，在弱肉強食之下，每一處魔界，都能產生出七個最強個體，皆屬強烈之魂執衍生，所以稱為魂執七衍，而以執心為重餘皆不顧之義，稱其四非而名為罪之惡魔，是為魂執七衍罪。

這惡魔之能，強弱有明顯的差別，但看其魔界之範圍，越廣者，所誕生之惡魔，自然越強。

統帥各個魔界，與全世界為敵，基本上這就是惡魔的領域造作，亦有能為收服者，但看其時情狀，若是惡魔執心所向，則有極大機率能為同盟，但都必要契約立定，這是惡魔必然之念執，無約不成。

幽冥暗界——骷殤

陽生則陰死，陽死則陰生，此為五行動能型態轉換之變化，且知陰陽兩界如同鏡照，故於陽界有既存之五行動能，陰界同樣俱足，然此五行於陽界活動展現之期，於陰界當靜止而不見活，直至陽界活動停止，則轉呈現陰界之活動，所以靈子於陽間藉體亡滅，必容易受到陰界骨骸吸引，而自動遁入幽冥以尋依附。

骷殤是陽間藉體死亡，靈子依附到骨骸上所形成，這基本上有兩種可能，一種是靈心識核依附於幽冥界自己之骸骨，另一種則依附於陽界他人之骸骨，但於陽界極難生存，也因此出現於陽界之骷殤，識核境界都非常高。

這僅僅骸骨型態，也能實現覺醒進化，但不這麼稱呼，而稱之為進階，由最低等之「骷髏兵」，進階而上為陰間食骨鬼或陽界食屍鬼，再上則為食魂鬼或吸血鬼，隨著進階變化，最高等來到骷殤君主。

這骷殤即屬於純惡之族，雖有自我，但其心邪惡變態殘忍無情，若以世人之認知來說，這類才是真正之恐怖天魔，其實在陽間作惡多端者，大約有兩種去處，一種受貞魔引渡為靈子強化試驗，一種依附於骷髏而受骷殤君主管轄，以骷殤這一種，就是名副其實的無間地獄。

論骷殤勢力，最為廣眾，陰陽兩界各地之骷殤君王甚多，都各自為政，難做結合，除了共同利益之外。

幽冥邪界——邪鬼

邪鬼多證為無形，型態變化無端，或屬單一識核，或屬多個組成，由此執性形成多變，算是自然衍成之樣貌。

雖必以強者為尊，但這邪鬼組織鬆散，以勢力影響度來論，算是最弱的一環，但衍成之邪鬼強者，卻完全不可忽視，因為在這種發展情形下，能為盛強，必代表境界非凡。

若說幽冥界最具侵略性的團體，也就屬於邪鬼，但如同突襲部隊，雖也能佔據領地，但都難以長久，所據領地統稱邪界，是邪鬼煉治同類的出處，一稱名為「鬼牨」。

其屬下稱之妖邪害厲，是在幽冥中各自遊蕩獨立，互相吞噬併合的魂體，並無自我意識，純粹是魂識之造作，邪鬼引導這些魂體進入鬼牨以進一步煉化，即成其眾，是知邪鬼數量，也是無盡。

以上所述之冥界勢力，皆不受魔皇管轄，與陽界由聖人管理，同亦分別相對勢力，這欲求治，而成穩定，可不是朝夕之間可成，而要在廣眾極大的勢力間運籌，無絕對之強能也不足為功，此道自然，欲施正義，挑戰自是重重。

青華聖人與執妄童子，並玄明聖使與晦藏魔皇，這聖魔之組合，是否能成曠世大業，可不是天意欲為掌控，更多的，只是造物主們的觀察而已。

造物所創修真環境，皆以道為本，於自然衍成之義中，方施以些微之意動，不為大助，以免靈子修持無功，是為原則正義，此為自助者之天助，惟知積極於一生者有之，若僅執依賴而無自勸，造物惟言失望，自不可能施予，只能讓此類靈子輪迴於道場重新再造，這，是真相。

人間修行之惑，在不能除滅依賴之心，如求佛引渡者，盡屬世道之魔考，信者當無慧智，造物絕不引渡，如能決心自立，勤懇精進，則造化之力廣澤，自成修行進步，真實回歸造化大道，亦必將不遠矣。

第三十回
外敵

十七天外明道聖使之生物藉體實驗室，是模擬幽冥產生靈子的環境，而設計魔素充足之化形試驗場。

藉由魔素道能之力，讓此環境自行衍成靈心識核，此時多數僅具魂識，會以形成之道器為核心聯合魔素而成化形藉體，有些藉體較為強韌，死後之識核道器仍存於肉體，有些則較鬆散，死後化為魔素一齊散離。

透過造物主操作，使之識核易形蛻變，而依其魂能自然形成各式造物道器，這就是世界上四處隱密，自產各式道器的遺跡群。

在遺跡中，另有已生自我的，則視為魔王之類，具有相當強悍之實力，其核心道器自然也就相對珍貴，比如惡界戰中出現之「山河堅壁參」，就是這類魔王所產生。

魔素要形成道器、武裝、法寶、神物甚至丹藥之類，這都如同靈子誕生過程，可說一切盡屬造化，只是極盡神奇，難以執信其自然之衍生。

於荒城聖域之冰城遺跡，僅是為眾人廣知的其中一處地點，其實在這廣垠之疆域中，有各式各樣的遺跡存在，這當然包含幽冥之疆域，要說，這也是世上充滿魔物的理由之一，因為遺跡內，可沒有限制魔物的行動自由，大多數在魔物形成自我之時，就會脫離遺跡，往世上探險去了。

在皇城疆域上方，即東海與北海間之「冥谷荒界」，這所謂玲瓏世界最神秘危險之方地，屬世界六大洲之一，其實它的真面目就是明道聖使特別保留之超級遺跡。

長久以來，這裡自成一個世界，早已發展出獨特的種族文明與國度，概分四區，居東為「阿貝澤」，西方為「加雷斯」，南方是「艾姆」，北方為「安祖」，因環境魔素本就異常濃厚，這些國度自然以魔素運用之技巧為主，若與玲瓏世界相比，就像是一個極致發展魔法之奇幻世界。

這裡是惡魔口中的天外魔界，外面的世界不得入內，是因為裡面這四個國度共同的政略，其實在外界中，也早已布置了他們自己的勢力，比如位在千針嶺中的「巴比倫」城堡群，就是其中之一。

這千針嶺是連結荒城聖域與玄空峻嶺之重重山脈，因為山勢極高，所以聖域與峻嶺之往來，必經由東北海面繞過此千針嶺，因此這些龐大的城堡群，一直以來仍為隱密，少數意外發現者，則會因各種不同因素，失去這方面的記憶。

這等隱藏之神秘勢力，可就不是玄明所能預料到的。

巴比倫城堡群，同樣分成了四個區域，當作冥谷那四國的世外基地，從這種安排來看，可以推測這四國是互助而同盟的。

趨勢於外，必有野心。

力權申義，唯由驗實。

這一天，來自於神秘區域的密件，分別送往了道門之觀霞嶺、儒門之衢天儒教與釋門之敦煌，這是來自巴比倫的邀請函，內容為荒城聖域方地與勢力之重新劃分以及分別往後從屬關係，附帶一項要件，若不參與，就當作除滅之對象，未來其門徒信眾，只能被視作奴隸般的存在。

這樣的口氣，不知是代表了無知，還是盛強無比的實力，這在道門與其他勢力即將有一番爭戰的情勢下，又平添了一個極意外的變數。

這來自完全陌生的勢力，以對方能隱藏實力做到這一點來說，必定不能忽視，此時玄明的憂心，自然可以想像。

「時間緊迫，並沒有讓人有多餘的時間啊，若從這唯一盛敵的角度著眼，抓緊時間，將聖域裡的彼此做個統合，或許是避免道門與多方爭戰且進一步和同的一項契機。」

於是，玄明主動與儒門並釋門聯繫，並詳細說明其與貞魔協議之目的與道門之入世正義，來換取和平共存的可能，而這一回，他找了晦藏魔皇與之同行，欲充分展現他來折衝協調此事的實力。

立脈宣教，皆為求穩固，結盟應邦，本存乎正定，若能實證彼此目的，又何必多疑而至爭議，外敵盛強之患，若無能循解，則未來卑屈人下之勢，或將成定局，不如彼此實誠，互助共利，不僅護存現在，更可期待將來，而之於不明外敵，也能無所畏懼。

在儒門與釋門之立成正義上，本同為靈子修真之發展，與道門並無二致，故在玄明與晦藏聯袂之拜訪下，終於成功而圓滿地說服，從此道門、儒門與釋門，在荒城聖域聯合一氣，共同組成了一堅守之同盟。

而之於幽冥疆域，也因此同盟之形成，讓貞魔對於冥界之治理，也創建了一個極為穩定的基石。

這或許是巴比倫邀請者，所沒有預想到的結局，而在信函所書約定之日，千針嶺高空，來了三批不同勢力之極強者，俯視森林下這神秘的巴比倫。

第三十一回
新象

守望者戰團，是多年來非常具有盛名之冒險戰團，成員七位，團長——「葉中」，太乙金仙境界，實力經驗皆稱頂尖，在偶然一次任務機會中，得知了那位在東北海內神祕區域中，隱藏了大量至寶的消息。

這對於冒險戰隊來說，是不可能視而不見，不當一回事的。

於是在確定訊息真假，並情報蒐集上已自認齊全之後，帶著團員，循著訊息所說管道，進入了這名為天外魔界之冥谷荒域。

呂布，是成員之一，種族為赤鵬，在團裡年紀雖是最輕，但實力僅次於團長，要說此守望者戰團這麼出名，大都得歸功於他，除了他本身赤鵬於高空之優勢外，更重要的是他積極拼命又極端謹慎的雙極個性。

在未確定能勝條件之前，必不輕易行動，而在確定形勢在我之後，又必定全力以赴，這就是稱號「執魔呂布」的由來，不僅能為謀略，更是無雙戰將。

這次能輕易順從團長決定，主要還是想看看這天外魔界之真相，而且萬一真生了意外，他也有帶領大家遁逃之把握。

只是這回，大家全想差了，天外魔界，完全不是他們預想的那個樣子，從一進入這荒域，戰團七人就已經被徹底困住，裡面不僅重重陷阱，更有超級巨大之魔物，就連路邊之花草，也極具攻擊性，不是擁有劇毒腐蝕，就是佈滿噬嘴利牙，讓他們一開始，就好像面臨遺跡之魔王，而且是數十隻齊至。

這等意外，迅雷不及掩耳，根本來不及逃跑，戰團七人瞬間死傷近盡，呂布也被一陣瘋狂飀風，帶向遠處，落在南方一處名叫「愛菲爾」的小鎮，非常幸運地獲救，這裡屬於艾姆王國領域，周圍佈防禁止魔物進入之結界，是這國度各城鎮的必備。

救他的人心地相當善良，除了進一步讓他了解這世界樣貌外，也讓呂布學習運用魔素之部分技能，但他在傷勢痊癒後，卻迅速與恩人告別，離開這冥谷世界了。

這呂布，就是與華貞在道門觀學方域一起長大的那赤鵬，他會急著離開，是因為進入冥谷前連繫過華貞，深怕華貞為他擔心之故。

華貞在解除至情蠱毒之後，不時回到十字星公會，探聽著呂布的消息，這是他們能再次相遇的開始，其實這麼多年來，華貞始終不曾忘記他，而他其實也未曾忘懷，雖然兩心相繫，但從無機會見面，畢竟世界之大，若無刻意，豈有實際。

華貞是決心守護玄明的，以她的實力與技能，必能讓玄明免除各種暗殺手段，這是她贖罪的方式，在她完成刺殺聖使任務後，造物給她轉職為——「幽師」，其中職技——「影分」能化生重影植入意識，以進行不同任務，而職技——「御魂」，則已是造物之能。

呂布回到觀學方域，在華貞引薦下，見到了聖使玄明，並以華貞決心守護玄明之故，也要求玄明將他帶在身旁，玄明自無不允，從此這對小鴛鴦，也終於是真正團聚了。

槐山百列島，這位在翠湖之上，總計百餘座大小島嶼，裡面最接近南方的那一處，稱為「熾月」，其上有一隱密組織名為「鳳吾」，江湖上雖少有人知曉，但有一讖言，卻已是流傳既久。

法界十方。御形畫魂。

噬心筆墨。熾月鳳吾。

這是能以筆墨，繪出實物之傳聞，即如所畫為仕女，則得出而悅歌，歌後復不見，或如所繪神龍，點睛而後震出，凌空翻騰飛旋，復不得去處，是人多以為戲法變化，而不知有其真實。

而在此鳳吾之一處密室中，其所懸掛之仙景圖，相傳就是一處法界仙境，如何而來，都是神秘。

熾月所在多墨龍玄鳳，這只是江湖上表面所見的傳說，除此外，別無其他，皆作神話。

這一天，世人看見了，這墨龍已成金黃，栩栩猶新，玄鳳已著七彩，如生模樣，更隨龍鳳之祥鳴，一座宮殿出水而現，金光輝耀，朵朵慶雲，筆墨鳳吾，告於天下。

隨著金殿落定，十道極強者的光芒，縱向了聖域之四面八方，這是完全的新勢力，是友是敵？還是早屬於其他？

雪狼原，位於廣大的翠湖北方，近臨觀霞嶺，為萬龍奔之分脈所隔。

是一片長滿冰晰草之雪原，終年寒凍，為雪狼群所獨居，外人極少到臨。

在這雪狼原極北臨山之地，有一極廣大的刺針林，這裡矗立著一座古剎，看似千年以上之造物，進出無見人為蹤跡，裡外卻是一塵不染。

這一天，鳴鐘震響，徹於天際，連續八十一音後，這千年古剎光明大放，四大金剛巍然降世，萬佛行者迎尊朝拜，轉瞬間，人海已重重，又是十三道強者極光，迅入八荒。

這一連串新組織與新人物，在這相同的時機，蜂湧而出，帶來了新的氣象，也象徵了玲瓏世界新時代的降臨，道門與儒門、釋門既成共盟，對於巴比倫這外敵之挑戰，或許能有希望應對，但對於這新勢力的入世與發生，又將是哪一番的腥風血雨，或者是意外的精彩期待？

第三十二回　劍仙

好不容易，歷經辛苦，脫離了冥界群魔的拘禁，玄明在謫仙人等的救助之下，終於是還陽復生了。

聽到玄明復生，龍吉公主急忙從龍宮飛奔了過來。在見到玄明藉身上的那一截斷箭，龍吉公主已知玄明情意，遂不再拘束，直接坦承告白，一時雙方滋味正濃，遂不再分別。

兩人當即天地為證，著辦新婚，行起了周公之禮，一連數日，幸福洋溢，隨後，玄明辭去聖使之任，與龍吉公主隱居龍宮之地，並遊歷四方，一切萬般如意。

九年計生九子，各個聰慧絕倫，不僅將龍宮勢力擴展至整個荒城聖域，長子更立大統做了皇帝。

百年後，子孫成群，良友添新，榮華富貴，萬人仰慕，究竟藉身漸老，終安逝餘晚年，大喪之日，舉國哀悼，龍吉公主傷痛欲絕，摯友親子萬般不捨，玄明魂識見之，不忍就此離去，遂一直盤桓留下，照拂著龍吉公主與眾子孫們。

經年之後，玄明情狀，眾人已漸漸淡忘，龍吉公主恢復神采，不再眷戀，子孫們也各有依託，親友早已逝亡，盛情至今已然不再，玄明心知無人記掛，當隨風而逝，遂一息殘念。

一道明光過後，觸地驚醒，適才原來是夢一場，這一生情緣，明明白白，百來多年，竟然只是片刻功夫。

玄明驚覺自心早生此念，故得此心魔，趁機來做考證，幸好經此一夢，殘念既息，自無再留戀，這心魔是已斬除，當不復生迷惑。

既得玄明自行正業，情關已過，如此龍吉公主亦得造物旨意，渡她回返十七天外，並特別安排了龍宮至寶——「紫青雙劍」下一任主人之去處。

皇城大街上，一群人正好奇地圍觀一名大漢，這大漢面前一甕酒，一盆飯，一整盤生肉，吃得杯盤狼藉，說得口沫橫飛，興奮地跟圍觀眾人說著皇城西極與魔皇打賭的事。

「到底結果怎樣了？」

「嘿嘿，那還用說嗎？當然是我們賭贏了！」

「這次對賭的是魔皇生狂，這是號稱天魔眾第一高手，我們這邊首戰就由玄明聖使，沒想到撐不到十招就認輸了。」

「那玄明聖使這麼大的名頭，原來是不堪一擊啊。」

「怎麼這樣，那不是才打一會嗎？」

「那後面怎麼贏的？」

「魔皇看贏得輕易，就說了大話，只要你們誰能在我手底下撐過百招，就算我輸。」

「聖使都撐不到十招了，能有誰過百招嗎？」

「就是有。」

「是誰？」

「就是我們皇城鐵衛的驕傲，楊右使啊！」

「原來是他啊，那就難怪了。」

「那三戰兩勝，還有誰撐過了百招？」

「另一位不知來歷，聽說是跟在玄明聖使旁邊的猴子，這我不知道，總之，我們贏了，來來，請大家吃酒，哈哈哈！」

這位轟雷震，幾年前在皇城大街，逢人就說這生狂賭輸之事，但之後，就再也不見了蹤影。

謫仙人執心於菲菲之殤，獨自處於翠湖，久久不肯離去，有一夜忽然心生想法，欲向龍宮求討復生靈藥，也不知誰給了這消息，還是純粹是他自己的妄想。

這一天終於按捺不住，疾速朝龍宮飛去。

玄龜幻海鎮之宮殿，稱名龍宮，玄龜族長正與孫女閒話，忽然一陣地動山搖，正殿蠢蠢欲裂，只見蝦兵躍身來報：「鎮外有一極凶惡魔神，不知使何法術，使殿前『通天鎮護』自行晃了起來，怕這位有些來歷，屬下不敢應付，請族長定奪。」

「哪邊野人到這撒野！先著右使黑殺星──『高繼能』往探究竟，隨後來報。」

「奶奶，勿要發怒傷了身子，想來必是無知之輩，孫女去去就來，不需勞煩右使。」隨即遁光飛縱而出。

龍吉公主一見此魔，蛇髮鬼面，兇惡異常，猙獰面目，幾近癲狂，真不知打哪來的魔神，遂不打話，紫青光芒一閃，雙手御劍，徑直飛舞了過來。

劍舞蛟龍象，紫劍橫練。

八方驚虹霹靂閃，縱橫千刃斷離殤，金剛遁退。

迴旋起幻陣，青劍化身。

四面楚歌行害厲，迎光萬劍不知音，修羅正對。

一時兩人未分上下，猛然間，天雷一震，大雨滂沱落下，霹靂電閃，轟隆不斷，御真聖靈，驚醒謫仙。

一陣清醒過後，又是涔涔珠淚，又是嘔血數升，謫仙人悲鳴一聲，又暈死過去。

公主見狀，憐憫其情狀，帶回龍宮醫治去了。

「你們看，他們又是用飛的，我們還是得在地上跑。」

「扶搖就只有一隻啊。」

「道門又不是沒錢。」

「你以為扶搖這麼好養喔？」

「不然至少也弄個坐騎。」

「坐騎有啊，三哥不就是？」

金豹子轉頭，狠狠瞪了老豬一眼。

「我們得靠自己啊。」

「唉，雖然老五會飛，但沒辦法載人。」

「這北地跟我們那邊不同，我探聽過的，想要神獸，有的是，不過得自己去馴服。」

「真假？」

「絕對是真。」

「那我想要會飛的，像那麒麟一樣。」

「其實有一種叫赤鶻的，比麒麟好，好像也有一種叫熵狐的。」

「我來說說吧，這神獸赤鶻，通體殷紅，極似火鳥，熵狐則渾身淺藍，狐形雙翅，都是玲瓏世界上極罕見之神獸，其飛行速度與赤鵬齊等，號稱『道仙三行』，屬於皆能化身人形之異端神獸。」

這金耗子極少見的，一本正經地說道。

「哇，真沒想到老大見識這麼廣？還以為他是土包呢？」

「你才是土包，我只是學習低調過著人生罷了。」

「啊，原來老大這麼有心機……對了，若能馴服其中一隻，我們五仙就可以在天上飛了。」

「好喔，真是期待。」

「我比較想要秘笈唉。」

「生小孩的嗎？」

「呿，你以為我需要嗎？」

「三哥……有殺氣，好濃烈。」

「是啊，你回頭看看就知道了。」

在這玲瓏世界之中心大陸，屬六洲疆域面積最大，高嶺山峰分布最廣，在這一整片層層疊疊互相交錯之山脈，形成了極特殊的地理景觀，天邊雲靄，只在山腰處，遠遠望去，遍地層巒，居臨此處，就如凌空一般。

玄空行步梯雲縱，仙人往來渡凡雄，
萬仞千山霞似海，回首無途道玄空。
遠望層巒飛天駕，入地千刃未始終，
劍戟峰陣問天勝，一履仙涯無影蹤。

這裡就稱為玄空峻嶺，是所有劍宗派門之發源地，林林總總大小數百劍宗，都在此地開宗立派，因此形成了這裡特別的人文情狀與異地樣貌，這裡的修行者，大都以御劍飛行為修煉基礎，由此配合的數術功法、武學招式，自然與外界另有不同。

頤然道貌。神逸絕倫。

御劍縱橫。仙子凌行。

這種有別於皇城與聖域之大壯，而自立一番俠骨造詣，讓世人欽羨地稱他們為——「劍仙」。

玄明聖使在道門總部觀霞嶺終於穩固之後，為了道門四方之永恆立基與圓滿天命之修行正業，開始了八荒遊歷，首要之處，自然是千針嶺上巴比倫之勝負約定，再來就是玄空峻嶺劍仙宗盟之競賽邀請。

臨觀為道，敬慎不敗。

萬霞稱慶，領域為尊。

這是道門觀霞嶺稱名之義，世界一番更新，明象易之無敵。

玄明聖使傳第二話至此告一段落，第三話——「術法爭鋒」將是以劍仙故事為主軸之仙佛歷史敘述，究竟將是如何的新故事與新樣貌，敬請各位讀者熱切期待。

謫仙人終究過不了菲菲之殤，向造物自請捨棄參千年道行，祈願新世界重生，以求徹底遺忘，造物主玄生憐其真意，將他引渡至修聆世界，化名玄清，再造一番。

摘星五仙如今已失其二，金耗子自覺努力不足，帶著他的兄弟，往南方大地之「聖獸地脈」修行去了，那裡會是他與兄弟們最佳的造化磨練場。

江湖上，出現了一雙魔組合，稱名「離經」與「叛道」，在兩人聯合消滅了昇龍洞作亂的一群蛟龍之後，迅速於聖域出名，同樣收到了劍仙邀請函。

一群隱宗「修羅密士」，被派往玄空峻嶺，這回，他們的秘密任務，將牽扯出策計已久的陰謀，誰會是背後這執棋者？

聖域儒門鬼使最神祕的分部，其存在，無人知曉，這隱密之行逕，到底潛藏了多少儒門驚天之密？

逍遙十仙這名聲在玄空峻嶺，極其不凡，是否就是謫仙人與黃靈妤所認知的，還是根本另有其人？

生靈禁地——十里無魂蜘蛛穴，怨姬眾妖邪所畏懼之王，又是何等境界之狂魔？為何令她們甘願順從？

問坎六執與神鑄執星，能為道門創造出什麼樣的鑄靈神器？對道門未來的助益，又會是何等轉變呢？

刑天、刑天，在謫仙人往生新世界後，它又將落在何人之手？在菲菲極端重視下，刑天之密，肯定極為不凡，不知到底能否得解？而它的真主究竟是誰？

番敘外事第一篇

胡升的遺憾

幽冥界的特有魔物──「噬魂蝶」，是白骨骷殤怨姬之獨門寵物，以魂為蜜，以靈能為噬，趨之若狂蛾撲火，不死不休。

見到這滿天飛舞的噬魂蝶，胡升無奈地開口說道：

「怨姬姐姐，好久不見，近來可安好？」

「除了想死你外，其餘都沒什麼心情，原來你是跑到冥界困族當下人去了，害人家想你想得好苦。」

「有勞姐姐掛念了，可否收起噬魂蝶，勤王要我等尋找我族太子，不知您是否瞧見或者有相關消息？」

「唉，你還真是沒良心啊，一見面就問我要人，這困族太子什麼的，妾身並不知情，想說出來溜溜蝶兒，卻遇上了你們這批壞人。」

「還請姐姐先收了這魂蝶，免得我動手。」

「收就收吧，省得你壞了我的寶貝，嘻嘻……」

眾人眼見一道道綠光覆蓋這群噬魂蝶，瞬間已全部消失，這怨姬也跟著不見了蹤影。

怨姬離去後，胡升怔怔地望著，回想起了那一時揪痛的心情，這麼久了，還是不能平復。

要是……要是當時我能保護著她就好了，她也不必成為這樣子。

她這蝶兒，還是我幫她馴服的，看她這麼珍惜，是不是可以代表……她心裡還記得我啊？

但每次遇到，都是這樣子，轉眼不見，也不讓我解釋，是我太過於……

唉，還是……妳真已遺忘了過去？

番敘外事第二篇

可恨的遊戲

翠湖太極島上，道門暗影地部眾星使，遇上了埋伏的惡界眾魔，眾魔將當這是一場遊戲，比的是誰能將對手折磨最久。

血屍——張智雄對上華蓋星——姬叔升

兩人一對陣，就是槍與劍之廝殺，螭離震龍槍對上魔將之碧血刑魔劍。

幻龍九式，爐火純青，式式變幻，招招凌厲。

凝血刑魔，鬼異難纏，虛實問殺，變化莫測。

兩人似是幾近平手，有來有往，不知此魔刻意，就等將對手凌遲千百，再成了結，姬叔升在四肢盡斷，身缺體殘的情況下，這魔方才讓他痛快地死在刑魔劍之下。

䖑蟲——黃明對上鑽骨星——張鳳

張鳳鼓動雙翅飛在半空，見這魔將，人族殭屍模樣，全身泛血飼蟲，實在詭異，心想著若是殭屍必懼火，故直接祭起「道轉煉形爐」，對這魔物發動了極焰陣，這魔將見火，眼露極不耐，竟一個瞬移，已至面前，一拳穿透識心。

「不知道我最討厭火嗎？讓你死在我這『噬魂颾殤』之下，就是教訓你這不長眼的！」

妖鬼——趙啟對上天狗星——胡云鵬

胡云鵬自知不敵，化出赤鵬真形，欲飛遁現場，只見這魔將拿出一葫蘆，對著胡云鵬一照，一股拳勁由葫蘆口奔出，直接將赤鵬身體穿了個大洞，本來赤鵬飛速天下難敵，沒想到這葫蘆拳勁卻是更快。

幻魔——詹秀對上滕蛇星——張山

張山手持「三昧厲法杖」施以熾炎，只見三昧真火加持，熾炎猛烈難當。

詹秀揚起「厲魂旛」即引幽魂噬靈，又來陣陣鬼嘯呼喊，噬魂侵蝕入心。

噬靈以幽魂為術引，直接攻擊對手靈識，又兼雙方境界上之差異，縱使三昧厲法杖近乎神器，張山也是難敵，終究還是被眾幽魂慢慢噬奪了性命。

骨龍——余成對上豹尾星——吳謙

吳謙本是魂豹迅疾種，又善於拳法，配上靈熙九連環，一套「彌縱六行」，只見六道身影交錯，讓這魔將看得是迷迷糊糊，這魔將索性閉上雙眼，看也不看，只是拿著「降魂盅」，任由吳謙揮拳，吳謙感覺他打出的招式，步步踏實，都實實在在地招呼在魔將身上，直到這魔將口翻鮮血，一口吐在了吳謙身上。

就在這時，吳謙意識莫名，忽覺身體不受控制，上身與下身同時扭轉至不同方向，然這速度極緩，讓吳謙分秒都覺得漫長，在陣陣哀號聲中，身軀扭成兩節，屍塊血肉散落一地，死得非常悽慘。

狼古——張節對上黃幡星——魏賁

魔將型態，出乎想像，就像一隻巨大狼蛛，裝上了人臉，恐怖邪惡，令人不寒而慄，魏萯也為魂豹一屬，直接祭起走靈術，欲穿越空間遁逃，沒想到剛一遁入，兩支劍刃已然等候，就像自己撞上這劍一般。

「搞空間法術，也不先問問我『狼古』，我這族才是這一術的頂峰。」

這道門六人皆在魔將遊戲中慘亡，最後還是領隊常昊被玩得最久，這些魔將令人憤恨的遊戲，只有遇上比他們更強者，才能讓他們親自體會弱者的感受了。

執慾無情，又豈能實心受得。

因果無縱，畢竟天道有輪迴。

番敘外事第三篇

情淫之亡

惡界第六王，魂執七衍之淫慾，在白骨山遇上了落單之楊定侯，一陣心情恍惚後，楊定侯已然中招，身上蛛絲層層盤繞，正欲設法清除，只見襲弱憤怒，瞬間燒裂個乾淨。

這情淫申禮，用了男兒身，扭捏作態模仿女人模樣，一身寬大紅袍綠帽，臉上胭脂厚重，身上淫味蕩漾，喜孜孜邁開大腿，往身上靠過來，驚得楊定侯一身疙瘩，一式「悍龍搶珠」如電雷般刺去。

「邪魅闇人，竟敢戲弄我！」

「嗯哼……你不錯啊，很對我味，看你這麼主動，那就先滿足你吧。」

楊定侯氣極，配合襲弱與無目，一式連番快攻，將這申禮逼得步步倒退。

「唉，我說你這俊人，真是不會憐香惜玉的，害人家的裙襬都弄髒了。」這是比癡難更勝一籌的「噬魂音」，畢竟這種媚音，是七衍罪情淫之本科專門。

「使這種賤招，以為對我有用嗎？」

楊定侯收起長槍，雙手「波幻神迷掌」，接連運勁蓄勢雙雙擊出，接著「虛空瞬移」，一式翻天掌法瞬間拍向申禮周身要穴。陣陣霹靂破體聲響，有若驚天之雷鳴。

申禮受這一式強擊，渾若無事，咯咯笑道：「喲，這麼用力，害人家嚇了一跳。」

這招明明打實了，卻不見效果，「難道這魔也是北冥功體？」楊定侯心想，若真又遇上這種難纏的，他的境界不比申禮，這可就麻煩了，於是喚出劍靈，在亟思應變之時……

一道碎花粉紅長綀，已飄了過來，一股混合了多種魅毒的香味，後發先至，早遍佈瀰漫於楊定侯周圍。

「哼，盡使這些骯髒手段！」

遂以離象襲弱之三昧玄火護身，著鴟羅天鷹與劍靈攖敵助攻，再喚龍神附體，掄起白銀穿魂槍，運起全新之「悍雷龍槍法」，這是玄冽槍之進階，式式之發，皆帶悍雷，其速度與威能，皆遠勝之前，尤其身旁這瘦弱男子的攻擊，狠辣凌厲，一點不輸楊定侯。

申禮沒設想有這般意外，接得左支右絀，心驚膽寒，式式不敵倒退，通體傷痕處處，且看楊定侯這番氣勢，直逼大羅金仙境，這申禮哼了一聲：「不顯真本事，還真把我當病貓了？」

緊接著通體幽光晃動，骨節吱吱乍響，一隻極龐大的邪蛛出現眼前，口器撕牙外露，諱藍色毒液蓄勢待發，前腳利刃倒鉤，藍光瀲灩劇毒，好一個魔物，終於現出真身。

楊定侯冷笑，正要你這模樣，吞下辟毒丹，喚回坤變無目，與襲弱、劍靈三象合體，這是楊定侯首次運用的凝象九變合體招式。

只見楊定侯身如天鷹，旋飛直上天際，接著在一陣耀眼金光下，這天鷹從上空極速向申禮衝擊，這有如死神之飛隼，精確命中申禮頭頸，在申禮完全來不及做出任何反應之前，已將其頭顱切下，直接送往死神魂界去了。

楊定侯這與九變合體的一擊必殺，不知這般強悍，申禮本事尚未發揮，就這樣死個不明不白。

番敘外事第四篇

觔斗雲

「喂，好端端的，壓著人家做甚？」

「俺泡溫泉呢，誰在鬼叫鬼叫？」

「咱啊，就在你屁股下，快點挪開，好不容易灌的氣，又被你擠出去了。」

「你這一團模樣……真醜。」

「……醜？我是獨一無二的，要說，我可是最最特殊的。」

「你有何特殊，區區一團，也敢在俺面前說大話。」

「特殊是大話嗎？嗯……咱看你長的倒是抱歉，不與你計較了。」

「……等，話要說清楚，什麼是長的抱歉？」

「就是讓咱看了都覺得可憐。」

「嗯……還是不懂，算了，俺覺得你這模樣挺有趣，以後就當我小弟吧！」

「誰要當你小弟？你叫我大哥還差不多，你可知道我是誰？」

「你能是誰？先嚐嚐我的拳頭，你才能知道誰是誰吧！」

「哈哈，你得抓得住我再說，天底下沒人跑得過我，而且應該是根本沒人能接觸我才是。」

「那我剛剛不是壓在你身上了，不算碰到你嗎？」

「不算。」

「好，你試試。」

這團一瞬間飛向了天際，這速度真是快，但沒想到這潑猴，早拎住了他的尾巴，索性爬上他的背上。

「沒想到你能當飛行寵，就這樣定了，當我小弟，不讓你吃虧的。」

「你、你抓我尾巴，還騎上了我，這、這……你一定要對我負責！」

「對你負責，難道你是母的嗎？」

「不是、不是……我叫觔斗雲，不是母的，是公的。」

番敘外事第五篇

黑童窮奇

這是我有了心情之後，第一個遇到，能讓我狠狠心動的對象。

她總是獨自一人，來到我的領域，剛開始跟她對招打架，只覺得太弱了，沒興趣殺她，遂趕她出去，沒想到不隔多久又來，在一次又一次，我驚訝她的實力成長速度，幾乎每一次，都能給我驚喜，漸漸地，我期待著她，真能有朝一日打敗我，讓我能心甘情願地跟著她。

這可是我的堅持，她是讓我願意當作主人的對象，但是得先贏過我才行。

這冰城遺跡深處的魔王，怎能這麼強？我都已經挑戰無數回了，隨便算一算，應該也超過百次了，就是不能碰到他一根寒毛。

對了，這魔王好似從不追趕我，這與外面的魔物，實在不同。

今天這一回，應該有機會打贏他了，我這新技能，是他不知道的，就用來試試。

若真打贏，我可不打算殺他，若是可以，很希望他能做我的夥伴，畢竟，我很孤獨，而且我想……他應該也是。

番敘外事第六篇

九傷十八刑

這九是極數稱傷，十八為重九，是復極於亢稱刑，傷刑在乎逾過，能為慎履，也就不是那回事了。

這條路，原來是這樣，難怪稱作九傷十八刑。

勢不可用盡，乃自壞生地。
道不必究情，乃自之險惑。

曲折有路，迴旋進步，見諸巧作，洽是凶途。

人生履道凶地，其勢不可為易者，
自過也，能無憚改，則得其正矣。
順境臨觀亨利，其義不可為恆者，
自墮也，能為敬業，則成其有矣。

是言九傷之荒徑，復為十八之凶途，盡在我心臨觀敬慎，欲志行世道，亦然。

楊定侯一行，由白骨山翻越過玄嶺，途中所歷，正是名為「九傷十八刑」之凶道，其曲折迴旋之處，可曰無數，若謹慎從其曲道，自能安然渡過，若見轉折之捷徑，欲乘機巧，則多是陷落之危地。

此雖成明道，但多呈暗喻，行人由此，可知其善，躁人不明，自然多歷凶險矣，此見諸於世道，亦然。

番敘外事第七篇

天地非人洪荒無殺

青華聖人對這寒衣衛八人之近來行徑，早已是瞭如指掌，趁著道門與惡界之機會，於是聖人主動派出他們，以助這八位了結這番前後因果。

源出於晦藏屬下，後投奔於華梵皇城，聖人之下，本為安處，卻因恣欲，與惡魔執得立契，故終究得由那邊結束，才能重新再來了。

順道幫忙造物做個考證，以激勵那一位賢者之心，不然，他的未來，恐怕不只是荊棘遍佈而已，而是危機步步臨身。

該如何，自然就會如何，前因既定，後果自結，無可成怨，無需惋惜，看看這樣一朝，是否能作清醒，把世事看透些，不再天真。

執心與惡魔交易，最是可悲。

天地非人，究竟無情。

洪荒無殺，是在盡亡。

這道理，那位道門小友，可真已知曉。

七星寶識，八方絕殺，是當為救濟之方，或不為救濟之藥，師與毒，教與毀，善魔成敗之間，惟應機取捨，得此道者，是矣。

番敘外事第八篇

貞魔掠魂

黃天祥——身為道門北區合部主事，為了快速突破境界，使自己變得更強，以達到自己所設想之目的，這股長久的執心欲念，終於讓他在一次機會下，選擇了「惡魔契約」這條無盡的不歸路。

事實上，這個選擇，並沒有讓他真正的強大，反而從此遭受了奴役與操控，不僅平白送丟了無辜的部屬性命，也在惡界一戰，處處設計陷害道門，不僅利用了謫仙人對他的信賴，陷道門夥伴於多重危機之中，也間接造成了聖使陳桐與菲菲的傷亡。

而後使得道門實力損傷至重，暗影合部之高階星使，幾乎傷亡殆盡，這一連串的事件，可都得歸於他的背叛與操作。

而後，他終於被憤怒的苗姜仙吏就地正法，結束了他罪惡的一生。

他背信、棄義、執私、無情、心狠、噬膽。

執心深重，不問道義。

為達目的，不擇手段。

這點人性特質，正是深淵貞魔最佳的靈子試驗對象，因此在他藉體亡滅，靈魂遁出之時，幽冥之爪伸向了他，將他抓進了無道之鬼門關。

這鬼門關裡，或許會是修羅地獄，或許將是無間十八重，或許將是反覆之刀山煉獄，但或許也能改造成功，而脫離這驚佈試驗，但這可能是很久以後的事了。

執心成就，是靈子進化之基石，當為造物鼓勵，但若以戕害無辜為業而不師道義，此縱使有成，亦將是鬼門之選。

是知造物之於靈子提拔引渡取擇，在於靈子與他人共存共榮之特性，而非為己謀私傷害眾生，這點之於是非善惡不論之義，當能有所思辨矣。

學易門文化事業

出版推薦

「學易門文化事業」是致力於易經體系之教學與研究，並追尋宇宙真相之文化出版公司。

二十年來在不斷地堅持之下，於二〇二三年八月十四日成立了出版部門，並陸續將多年研究所得彙集成書，內容主要分為三大類：

「一者論修行，一者談知命，一者申濟世。」皆以易經所論述之至道，來作為呈現。

又以這三品類與易之道入門之方徑而論，尋求宇宙乃至人間真相，實為再進一步之基石，故於二〇二三年起積極著手於宇宙真相之描寫，而於二〇二四年正式出版創仙誓系列。

今已呈現於大眾並於未來預定之出版書籍，主分三個項目：

第一、宇宙真相——創仙誓系列

已出版：

- 玄明聖使傳——第一話、荒原宇宙。
- 玄明聖使傳——第二話、荒城聖域。

- 玄清降魔鎮聆——第一話、冰雪天地。
- 真萬物靈繫——第一話、真祖。

預計出版：

- 玄明聖使傳——第三話、術法爭鋒。
- 玄清降魔鎮聆——第二話、天下動盪。
- 真萬物靈繫——第二話、不敗。
- 萬界神魔錄——第一話、蟲洞世界。
- 萬界神魔錄——第二話、太乙散仙。
- 聖帝瑤光傳——第一話、擬界十九。
- 唯玄天地造化——第一話、天地乾坤。
- 探朝西方觀聖佛——第一話、劍與道。
- 幻明振武仙魔傳——第一話、貞魔傳說。
- 明玄萬神眾——第一話、造神。

第二、易經學術研究——易經與五術系列

已出版：

- 九天玄女嫡傳五術正宗。
- 易道乾坤八法。

預計出版：

- 六爻迷錯與蹈誤。
- 文王卦辭明德證要。
- 易經全繫辭象義微言心得註釋。
- 易道乾坤八法神機索隱。
- 易行八門。

第三、修行指真——迷相指明系列

預計出版：

- 靈修與化生實相。
- 末法時代仙佛指明大正申義。
- 陰陽紀實。

國家圖書館出版品預行編目(CIP)資料

創仙誓 玄明聖使傳. 第二話, 荒城聖域 / 履咸引路大過述言作. -- 初版. -- 高雄市 : 學易門文化事業股份有限公司, 2024.07
面 ; 公分
ISBN 978-626-97774-4-0(平裝)

863.57 113009117

創仙誓　玄明聖使傳

第二話：荒城聖域

作　　者：履咸引路大過述言
發 行 人：蘇欲同
出 版 者：學易門文化事業股份有限公司
地　　址：高雄市鳳山區過埤里田中央路 77 號
電　　話：(07) 796-1020
美術設計：蘇尹晨
美術編輯：學易門文化事業股份有限公司
素材來源：Freepik.com
2024 年 7 月　初版

定價 540 元　　ISBN 978-626-97774-4-0